20世纪80年代以来
中国女性主义文学批评研究

赵洪霞 著

图书在版编目（CIP）数据

20世纪80年代以来中国女性主义文学批评研究 / 赵洪霞著. -- 长春：吉林出版集团股份有限公司，2021.12（2023.1重印）
　　ISBN 978-7-5731-1045-9

Ⅰ.①2… Ⅱ.①赵… Ⅲ.①中国文学－当代文学－妇女文学－文学评论－研究 Ⅳ.①I206.7

中国版本图书馆CIP数据核字(2021)第274700号

20世纪80年代以来中国女性主义文学批评研究

著　　者	赵洪霞
责任编辑	宫志伟
装帧设计	句号猫·工作室 QQ:592280977

出　　版	吉林出版集团股份有限公司
发　　行	吉林出版集团社科图书有限公司
地　　址	吉林省长春市南关区福祉大路5788号　邮编：130118
印　　刷	唐山富达印务有限公司
电　　话	0431-81629711（总编办）
抖 音 号	吉林出版集团社科图书有限公司　37009026326

开　　本	787 mm×1092 mm　1/16
印　　张	11.75
字　　数	180千
版　　次	2021年12月第1版
印　　次	2023年1月第2次印刷

书　　号	ISBN 978-7-5731-1045-9
定　　价	45.00元

如有印装质量问题，请与市场营销中心联系调换。0431-81629729

CONTENTS 目　录

第一章　多元化的女性形象批评

第一节　女性形象批评的产生 / 20

第二节　女性形象批评多元化 / 37

第三节　女性形象批评的反思 / 59

第二章　性别意识渐觉式的女性写作批评

第一节　女性写作批评的生成 / 68

第二节　女性写作批评的时代际遇 / 74

第三节　女性写作批评的反思 / 106

第三章　重新书写的女性文学史

第一节　重写女性文学史的背景 / 112

第二节　重写女性文学史的实践 / 126

第三节　重写女性文学史的反思 / 137

第四章 和谐期许的性别诗学

第一节 先天生理与后天语境——女性独特的个体存在 / 146
第二节 实然与应然——性别诗学的真实与想象 / 152
第三节 构建和谐的性别诗学 / 156

结语 / 159

参考文献 / 162

绪　论

一、选题的背景、意义和价值

21世纪以来，伴随着经济、科技、传媒的全球化，文化领域也打开了全球化的大门，各国文化、文学、理论、批评等在异质间互相碰撞、渗透与交融。如果从世界文学和比较文学的角度看，各国文学已经经历了一个跨国、跨文化、跨学科的过程，而作为在西方女性主义批评浸染下的中国女性主义文学批评，在其发展过程中也经历了一个中西异质文化的"跨越"过程。

西方文化的涌入助推中国20世纪文化与文学经历了多次高潮期。第一次为五四新文化运动，"民主"与"科学"成为其重要的口号。第二次是20世纪80年代，尤其1985年"方法论"热，一时间，各种理论、思潮的引进，对中国文化、文学和批评皆产生了深远影响，作为西方重要思潮的女性主义文学批评在此时也随之而来。第三次高潮期，"女权主义或是女性主义批评异军突起，成为90年代中国文学批评中最具活力的思想领域"[①]。在中国历经30多年的女性主义文学批评，越来越受到不同性别、不同领域的学者的重视，逐渐成为一门"显学"。

中国女性主义文学批评试图消除两性不平等的思想痼疾，如"女人的天空是低的""女人不是天生的，是后天生成的"。20世纪80年代以来，我国女性的社会地位虽有所提升，但是几千年封建传统文化体制造成的男

[①]杨扬.论90年代文学批评［J］.南方文坛，2005（5）：4.

女不平等的现象仍然存在，影响了女性生活的各个方面。女童失学、女工失业，面对同一个就业机会，有些就业单位在招聘时明文标示"只招男性"或"男性优先"，性别往往成为一块"敲门砖"，决定女性是否有学习、就业的机会，等等。这些问题不能单凭法律条文和规章制度来解决，思想文化对人的教育和熏陶也是至关重要的。所以，需要人们转变固有思想，转变男女不平等的观念，努力创建理想、和谐的男女两性关系；需要男女两性携手并肩、共同努力。

女性主义文学批评对女性文学、女性写作的研究与批评具有重要的意义。"文学是人学"，文学阐释人类的历史、文化及人类的生活、生存状态，而女性用自己的笔触书写着自我，张扬个性，放飞理想，不仅仅只是"一个悠远美丽的传说"。对女性主义文学发展的脉络进行梳理、总结和反思，将有利于促进中国女性主义文学批评和女性文学研究的发展与完善，这也是本著作探讨和研究女性主义文学批评所要阐释的20世纪80年代以来女性主义文学批评主要的意义所在。

选题为"20世纪80年代以来中国女性主义文学批评研究"，在时间跨度上选取以20世纪80年代为起点，是因为此时正是西方女性主义批评引入中国的时期，也是中国女性主义文学批评萌生时期。关于女性主义文学批评的界定，文后将有详述。本著作试图以中国女性主义文学批评为立足点，结合西方女性主义文学批评，梳理了20世纪80年代迄今的中国女性主义文学批评，主要包括女性形象批评、女性写作批评、女性文学史的重新书写、构建和谐性别诗学及其反思。

主要探讨的问题有：

（1）女权主义、女性主义、女性文学、女性主义文学、女性文学研究、女性主义文学批评等相关概念。

（2）女性形象批评在中国何以发生，主要类型有什么，发生的意义及前景如何。

（3）女性作家的创作中体现的女性经历了无性化、女性意识、性别意识、社会性别意识的过程，从躯体写作到个人化写作的女性写作如何转向。

（4）建构女性文学传统，对女性文学史进行重新书写，确立女性在历史上的主体地位。

（5）生理性别与社会性别的区别，如何构建性别诗学。

（6）中国女性主义文学批评的困境与展望：走向多元化的女性主义文学批评。

虽然，当今中国女性主义文学批评相关研究的论著卷帙浩繁，成绩颇丰，但也存在一定的困惑与问题，正如戴锦华的一系列论著体现的历程：浮出历史地表—镜城突围—犹在镜中。总的来说，关于女性主义文学批评作品存在如下问题：数量虽然多，但理论阐释少、建构不足；对问题的描述多，但对问题进行系统分析的少；女性主义的呼声在理论上多，但在现实的社会生活中缺乏实践；等等。面对这些问题，对中国女性主义文学批评进行深入分析与深刻总结，能更好地促进女性文学创作，而女性文学创作又会对女性主义文学批评产生推动作用，二者相互促进、共同发展。同时，女性主义文学批评不能只是走向科学化、理论化，更重要的是能够付诸实践，与社会生活相结合，构建切实可行的、和谐美好的男女两性关系，为人类社会的进步和人类自身的发展助力。

二、国内外研究状况述评

西方女性主义文学批评大致经历了三个阶段：

第一阶段是20世纪60年代末至70年代中期。20世纪60年代，女性主义文学批评勃然兴起，这与当时的女性主义运动紧密相连。这一阶段女性主义文学批评的中心是揭露男性文化如何歪曲了女性形象，重在从生理差异方面对男权展开批判。

第二阶段是20世纪70年代中期至80年代中期。女性主义批评家以女权的视野重新解读经典作品，出现了一批经典论著，主要有伊莱恩·肖瓦尔特的著作《她们自己的文学》、吉尔伯特和古芭的合著《阁楼上的疯女人——妇女作家与19世纪的文学想象》等等。黑人女性主义文学批评、女同性恋女性主义文学批评也在这一阶段发展。

第三阶段为20世纪80年代中期以后，这一阶段跨学科的女性主义文化不再局限于文学本身，在文化视阈下展现女性主义文学批评，并兴起了性别差异的"女性诗学"。

西方女性主义文学批评在发展历程中，出现了两大受到世界关注的文学批评理论学派。

其一，法国学派。理论家主要有三个代表人物，海伦娜·西苏、朱莉娅·克莉丝蒂娃、露丝·伊瑞格瑞，她们以精神分析学家弗洛伊德、拉康和解构主义哲学家德里达的理论为基础，探索人类的潜意识、语言及女性与写作的关系。其中"女性写作"理论最著名的是西苏的《美杜莎的笑声》[1]，该著作指出，写作是一种根本的改变主体的具有颠覆性的力量，并认为女性在男权制文化压制下没有自己的语言，只能用自己的躯体进行表达，西苏提出了"躯体写作"的口号，她主张"写你自己，你的身体必须被听见"。

其二，英美学派。英美女性主义文学批评理论家主要有伊莱恩·肖瓦尔特、凯特·米利特、吉尔伯特和古芭等。其中，吉尔伯特和古芭主张重新阅读和评论19世纪重要的女作家，从简·奥斯丁、夏洛蒂·勃朗特到弗吉尼亚·伍尔夫等，她们发现这些女作家的作品中具有共同的主题和形象，由于女作家们生活在以男性为中心的房子里，因此其作品受到传统父权制的束缚。

这两大学派虽各有其特色，但是也有其共同的原则：批判男权传统思想，争取妇女在各个领域享受平等权利；强调女性的主体地位；重新评价文学史，挖掘被埋没或受冷落的女作家作品，重构文学史；探讨文学史中的女性意识、女性形象；关注女作家的创作状况，关注女性读者的阅读，

---

[1] 张京媛. 当代女性主义文学批评 [C]. 北京：北京大学出版社，1992.

倡导一种具有女性自觉的阅读；逐渐发展为一套性别诗学。

西方女性主义文学批评发展至今虽取得了一定的成绩，但也存在自身的困惑与不足。女性主义文学批评与其他批评流派虽有对话，但还不够，有时只是对外国的单一输出，尤其是对第三世界国家，形成了一种"他者"的言说，而没有形成互相交流与学习的态势等，这将阻碍着更有启发性与实践性的新理论的产生。

20世纪80年代，西方女性主义文论的发展推动了中国女性主义文学批评的兴起，并且成绩斐然。在初期，主要是以翻译和介绍西方女性主义文论为主，译著主要是西方作品的引进和理论的介绍。

最早的是1981年，朱虹的《美国女作家作品选·序》较早地介绍了带有女性主义色彩的美国当前的"妇女文学"。1983年，朱虹的《美国女作家短篇小说选》》系统地对中国女性主义文学及理论进行译介，在其序言中，朱虹介绍了美国20世纪60年代后期女权运动的再次勃兴，比较详细地评述了它产生的历史背景、现实表现及其在文学创作及批评等方面所带来的影响，并给国内广大读者介绍了《女性之谜》（即《女性的奥秘》）、《性权术》等女权运动的重要著作，并介绍了《一间自己的房间》《第二性》及《阁楼上的疯女人》等女性主义文论，对我国的女性主义文学批评具有重大启蒙意义，给中国女性主义文学与批评融入了新的血液，促进了其萌生、发展，从而走向成熟。

20世纪90年代，出现了对西方女性主义文学理论开始有所批评的编选。1992年张京媛主编的《当代女性主义文学批评》与1997年李银河主编的《妇女：最漫长的革命——当代西方女权主义理论精选》[①]，具有一定的代表性。

张京媛的《当代女性主义文学批评》是我国第一部西方女性主义批评

---

①李银河.妇女：最漫长的革命——当代西方女权主义理论精选[C].北京：生活·读书·新知三联书店，1997.

文选,该文选分为两大部分:第一部分为阅读与写作,第二部分为女性主义批评理论。第一部分收录的论文既是阅读理论又是阅读的具体实践。文选又完整收录了埃莱娜·西苏的《美杜莎的笑声》(1975)和《从潜意识场景到历史最漫长的革命场景》(1989),反映了西苏写作观的发展,对我国女性主义文学批评中"女性写作"有着重大意义。

文选的第二部分选了美国的伊莱恩·肖瓦尔特、佳·查·斯皮瓦克和法国朱莉娅·克里斯蒂娃等人的女性主义批评理论,产生了重要影响。更为重要的是,张京媛在前言中对"feminism"的中文翻译作了解析,认为"女性主义"具有"女权主义"中"权"的抗争因素,强调性别理论,故宜采用"女性主义"一词。张京媛的这一辨析对中国女性主义文学批评中"女性主义"一词的突显有其重要影响。可以说,中国女性主义文学批评文献中,所经历的这一由"女权主义"到"女性主义"称谓的转变,与其有很大的关系。

从评论主体来看,文坛上出现了以朱虹、刘思谦、戴锦华、乔以钢、林树明等人为代表的具有一定规模的评论家与研究者。他们从不同视阈出发,对"女性文学""女性意识""女性主义""女性文学史"进行阐释或重新书写。一方面,对西方女性主义文学批评相关文献作以概观梳理;另一方面,对中国女性主义文学批评相关文献作以概观梳理。而在中国女性主义文学批评概观中,从西方女性主义文论相关著作及论文的译介、国内女性主义文学批评著作、文论三个方面来梳理中国女性主义文学批评的发展历程,总结它探求了哪些问题、取得了哪些成果,并指出其存在的不足、发展的趋势等,不啻具有其重要的意义和价值。

中国女性主义文学批评相关的主要著作甚多,20世纪80年代以来,运用西方女性主义文学理论阐发我国的文化与文学,形成了具有中国特色的女性主义文学批评。笔者对其相关主要著作进行大致统计,约有百部,如孟悦、戴锦华的《浮出历史地表——现代妇女文学研究》、陈顺馨的《中国当代文学的叙事和性别》、刘慧英的《走出男权传统的樊篱》等。中国女性主义文学批评相关的主要论文也俯拾皆是，笔者通过中国知网，输入关键词——女性主义文学批评，查到论文约计615篇（1993—2021），如刘思谦的《女性文学：女性·妇女·女性主义·女性文学批评》等。

综观我国女性主义文学批评相关著作与论文，可以看出，中国女性主义文学批评硕果颇丰，但也存在不足，需要自我反思。如对西方学者从性别视角对中国文学和文化的批评缺乏评判，并对西方女性主义理论缺乏深刻的研读与思考，往往对其是"囫囵吞枣"式接受；女性主义批评与当代各种批评理论的冲突与互补关系探讨较少；对我国的女性主义文学批评的特色及其对世界女性主义批评的积极意义尚未深入探索，只是单一的"拿来"，而缺少更多"输出"，未形成文化、批评之间的平等交流与探讨，等等，都需要中国相关领域学者予以重视与反思。

女性主义文学批评的研究者关于中国女性主义文学批评的分期，各有其论见，呈现历时性或共时性的研究状态。有些学者以时间来划分，主要以1985年和1995年为各自的分界点；有些学者以女性主义文学批评呈现的状态、现象、体现的内涵来划分。笔者认为文化、文学、批评的发展都有其一脉相承的历程或轨迹，每一个过去都曾经是现在和未来，每一个现在都将成为过去也预示着未来，每一个未来也都将成为现在和过去。同理，中国女性主义文学批评的每一个阶段都有其相互渗透、相互作用、相互关联的影响，正因为中国女性主义文学批评研究的复杂性与多样化，所以不能简单以时间界限为划分标准，因此，本著作的研究更倾向于共时性的研究，即以女性主义文学批评呈现的四大态势分析中国女性主义文学批评。

三、女性主义文学批评的相关概念

女性主义批评不仅是一种批评方法、视角或模式，还是一种批评理论，更是一门学科。如果说这些都是其形式的、外在的不同界定，那么对于女性主义文学批评的内涵的界定，又呈现出多种形态，可谓百花齐放、百家争鸣，各有所长、各有定论。想给一个处于争议中的事物下定义是困难的，女性主义文学批评也不例外。因为在界定一个概念时要关注其历史性，任何一个概念，都是在历史中生成并被赋予了一定的时代含义。再者，现代语言学之父索绪尔的所指与能指的关系指明：概念符号与所指称的对象不是同一的、对等的，会随着其关系、境遇而变化。

(一) 女性文学·女性主义文学

何谓女性文学？对这个问题的困惑、追问、解答，可谓卷帙浩繁、各有千秋。提到"女性文学"，我们便会想到为什么没有"男性文学"，难道是文学也具有了性别的属性？随着女性意识、女性主体性的生成与发展，究竟如何看待这个"女"字呢？

"文学是人学"，而人，自然包括男人和女人。在中国传统社会父权制占主导地位的话语中，并不存在一个标志着以独立的人的身份在社会的位置上出现的"女性"。这个词是在五四新文化运动中，伴随着西学出现的。刘思谦敏锐地意识到："'女性文学'这一命名的尴尬处境与'女性'这个概念的命运人体上相同。它一方面以前所未有的首创性照亮了出现于一定历史条件下的现代文学的一种新的文学类别，使艰难浮出历史地表的属于女性的文学言说得到了语言的照亮，同时另一方面它又是一种新的遮蔽，遮蔽了这个新的文学类别的历史性和现代人文内涵，使人望文生义地不加深思地误以为这只不过是一种以性别分类的文学而已。"[①]

实质上，在大多数人的意识里，"人"是第一性的，"女性"是第二性的，而没有想到在现实生活中并没有那个抽象的"人"，出现的是具体的男性的人或女性的人，女性问题同样是人类问题的一部分。20世纪80年代初，女作家、评论家及读者并不认为女作家与男作家有什么差别，女作家同样参与宏大叙事的创作。曾经有多位女作家表示出对女性身份的回

---

①刘思谦.性别理论与女性文学研究的学科化[J].文艺理论研究，2003（1）：10.

避,"我首先是一个人,然后才是一个女人;我首先是一个作家,然后才是一个女作家"。

丁玲在《三八节有感》中说:"'妇女'这两个字,将在什么时代才不被重视,不需要特别地被提出来呢?"①张抗抗在西柏林参加妇女研讨会时就提出:"我们什么时候才能够不需要在一块被特别划分出来的空地上自然而然地体现我们的价值,也不需要向读者特别指明我们的性别来引起他们的兴趣,而是任其自由选择我们的作品时,我们才获得了与男作家同样的平等权利。""我理解妇女文学是一个范围广阔的领域,在这里浸透了男人和女人共同体验到的妇女对生活的一切爱和恨。"②对于作家与女性的双重身份,西方女性主义者认为这两个身份是矛盾的,只有强调女性的身份才真正属于女性。这种表述虽然可以表明鲜明的女性立场,彰显与男性主流文化对抗的边缘态势,但不免易走向"唯性别论",陷入了男权中心文化下的"角色陷阱"。

以性别标志命名的女性文学,不仅仅限于生理性别,其背后蕴含着重大的、深层的政治、经济、文化的意义,即社会性别的文化建构。"然而,如果我们引入性别视角,对人类历史长河中的女性命运及其文学遭际加以总体观照,就不难理解,不是任何人的主观意志,而是历史文化本身,使女性的文学活动有理由被当作一个具有特定文化内涵的文学系统来看待。"③人与文化、女人与文化、男人与文化,在人类历史文化的长河中,性别孕育于文化中,文化又凸显了性别的意义。"人类文化并不是没有性别的东西,绝对不存在超越男人和女人的纯粹客观性的文化。"④不同国家、不同民族、

---

①赵树勤.丁玲作品选[M].湘潭:湘潭大学出版社,2009:454.

②张抗抗.我们需要两个世界[J].文艺评论,1986(1):57—58,61.

③乔以钢,林丹娅.女性文学教程·前言[M].石家庄:河北教育出版社,2007:1.

④西美尔.金钱、性格、现代生活风格[M].顾仁明,译.上海:学林出版社,2000:141—142.

不同种族、不同阶级的女性，在漫长的文化、文学历史中，谱写了一曲曲多姿多彩的潜流于主流文学传统之下的篇章。

具有女性意识的中国女性文学的萌芽最具代表的应归于秋瑾，她的《敬告中国二万万女同胞》《敬告姊妹们》《勉女权歌》《宝刀歌》等一系列作品体现了强烈的妇女解放意识，抨击了封建礼教对妇女的摧残、毒害，批判封建传统观念，号召妇女团结起来，投入革命，解放自己。秋瑾知识女性的先觉者，她的作品契合了那个时代女性在民族革命的浪潮中寻求自身解放的主题。"吾辈爱自由，勉励自由一杯酒，男女平权天赋就，岂归居牛后？……旧习最堪羞，女子竟同牛马偶。"[①]表达了女子要获得解放，必须自己争取人格的独立和经济的独立，自己解放自己。同时她也认为，妇女解放运动应该和民族解放相结合，和男性一起担负起拯救国家的重任。而中国女性意识的真正觉醒和女性文学的真正开端始于五四新文化运动中。代表作家如冰心、卢隐、冯沅君、萧红、丁玲、苏青等。20世纪80年代之后，随着西方文艺思潮的涌入和中国社会改革、文化的转型再次浮出历史地表，女性文学充溢着女性的热忱与批判精神，尤其20世纪90年代，女性文学新形态——女性主义文学开始出现，时至今日，它已然成为一个广为人知而又具有争议的概念。

20世纪80年代，浮出历史地表的女性文学首次出现在1983年吴黛英的《新时期"女性文学"漫谈》一文中。吴黛英从宏观与微观、外部世界与内部世界区分男性文学与女性文学，她认为对社会生活的宏观把握和反映往往是男性作家的特长，而对人的内心世界的微观把握和反映，则往往更适合女性作家，女性作家的创作表现了女性的心灵之美和文学之美，其审美特征表现为阴柔、娇小、轻巧、圆润、和谐等，并认为"正是美的内

---

① 秋瑾.勉女权歌.郭延礼选注：秋瑾诗文选[M].北京：人民文学出版社，1982：147.

容、美的意境、美的语言，构成了美的'女性文学'"①。对此文作出回应的是1984年王福湘的《"女性文学"论质疑——与吴黛英同志商榷兼谈几部有争议小说的评价问题》，王福湘认为吴黛英对女性文学的界定不够严谨，他认为对于女性的心灵美和女性文学之美，应有合乎逻辑的论证；认为心理描写并非女性作家所独有；妇女解放是女性文学繁荣的自身条件；并认为女性文学与妇女解放有着密切的联系，应该表现全面发展的新女性。吴黛英于1985年又发表了《新时期女作家的创作看"女性文学"的若干特征》②，从此拉开了女性文学探讨的新篇章。

谭正璧在《中国女性文学史话》③中把女性与文学分开，他认为所谓"女性文学"应该有三项：（1）文学里所表现的女性；（2）女性给予文学家的艺术以情绪与环境；（3）女性的作家。这是笔者所查到的最早的从题材、主题、作者的角度来探讨女性文学的著作。从谭氏的全书来看，他选取的都是如卓文君、蔡琰、花木兰、武则天、李清照、朱淑真等女性形象，蕴含了女性文学是女作家创作的表现女性的情绪与环境的文学。

而"女性文学"的直接界定者应为孙绍先，他是在女性主义文学、女性文学、妇女文学之间的比较中给女性文学一个范畴的界定："'女性文学'和'妇女文学'（women's literature）则专指女性作家的创作。因此，茅盾的《蚀》属于女性主义文学，而丁玲的《太阳照在桑干河上》则由于它主要处理的不是妇女问题，就只能属于女性文学或妇女文学。"④

可知，孙绍先认为女性文学等同于妇女文学，专指女性作家的创作，是从创作者的角度来给其界定的，这是从女性文学广义的涵义来界定的。

---

① 吴黛英. 新时期"女性文学"漫谈[J]. 当代文艺思潮, 1983（4）：41.
② 发表于《文艺评论》第4期。
③ 发表于1984年。
④ 孙绍先. 女性主义文学·引言[M]. 沈阳：辽宁大学出版社, 1987：3.

王侃指出："'女性文学'是由女性作为写作主体的，并以与世抗辩作为写作姿态的一种文学形态，它改变了并还在改变着女性作家及其文本在文学传统中的'次'（sub-）类位置；它对主流文化、主流意识形态既介入又疏离，体现着一种批判性的精神立场。"[①]他认为，女性文学应强调女性作为文学创作者的书写主体，因为女性一直被排斥在写作之外，处于书写的边缘，处于介入与叛逃的状态，持一种批判的精神。并认为"'政治文本'与作为边缘写作的'性别文本'，是中国女性文学的双刃剑。……这意味着当代的女性作家对性别（女性）意识的认知已经达到了一个新的、更高的历史刻度，并由此迈向成熟与完满"[②]。强调了中国女性的书写已提升到一个高度，具有双重写作的特征。刘思谦则指出："女性文学之为女性文学的质的规定性，是女性由被男性言说到自己言说，由'娜拉'被男性代言到'娜拉'拿起笔来自己言说，是女性主体性由在文学中的长期缺席到逐渐出场。""女性文学是诞生于一定历史条件下的以'五四'新文化运动为开端的具有现代人文精神内涵的以女性为言说主体、经验主体、思维主体、审美主体的文学。"[③]她强调在历史的条件下，以女性的现代性和多重主体性来探讨女性文学的内涵，意在指出女性文学这个概念的核心是女性的主体性。这不仅仅强调了女性书写、言说的主体性，又突出了女性在经验、思维和审美方面的主体性，可以说扩展了女性主体性的疆界，更进一步地提升了对女性及女性文学创作的要求。

综上所述，关于"女性文学"这一概念的界定的争论呈现了多元形态：

（1）从创作者的角度看，限于性别，指女性作家创作的一切文学作品。

（2）从创作者、题材内容、风格的角度看，是女作家创作的表现女

---

① 王侃. "女性文学"的内涵和视野[J]. 文学评论, 1998（6）：91.
② 王侃. 当代二十世纪中国女性文学研究批判[J]. 社会科学战线, 1997（3）：158.
③ 刘思谦. 女性文学这个概念[J]. 南开大学学报（哲学社会科学版），2005（2）：4.

性、女性生活，具有女性风格的作品。

（3）从题材内容的角度看，不限性别，凡是表现女性生活的作品都是女性文学。

（4）从创作者、是否体现女性意识、主体的角度来看，是女作家创作的体现女性意识、女性主体的文学。

（5）从创作者的角度，双向文本来看，则认为女性创作应政治文本与性别文本相结合。

（6）两个世界论。（张抗抗的妇女所面对的外部和内部两个世界的观点）

（7）认为无论对女性文学做出何种界说，都具有内容和形式上的矛盾与纰漏，认为女性文学这个概念很难给予界定。或重在凸显创作主体的性别，或重在体现作品的题材，或性别与题材皆备，但又需要体现创作主体的主体意识，等等。

可以说，以上论说各有其合理性，从性别上、题材上、风格上等试图界定女性文学。但女性文学不是性别论、题材论，更不是风格论。女性文学的实质，不仅在于文学，更在于女性。而这一"女性"指的是文化意义上的，而不是生理意义上的。女性文学是动态的、发展的，不是静止的、不变的，对女性文学的界定，会在一定程度上限制了作家的创作。但女性文学概念的模糊性与不确定性在一定程度上也会限制其自身的研究和发展，为了使我们能够更深入地、有效地探讨这个问题，我们总试图追寻那个"阿基米德支点"。女性文学最直观的定义是女性所创作的所有的文学，这可以说是女性文学的广义界定，对此，戴锦华认为"'女性文学'又可能成为除却写作者的身份的一致外别无意义的称谓"[①]。其实不然，因为女性创作的视角有其独特性，即使可能出现男性视角或进行宏大叙事的创作，也会体现女性创作的特色，如女性创作会在宏大叙事中渗透日常生

[①] 戴锦华. 涉渡之舟：新时期中国女性写作与女性文化［M］. 北京：北京大学出版社，2007：16.

活点滴的现象，其中不乏有其女性创作特有的温情和细腻。

从女性文学诸多富于争议的界定中，我们可以分析出，女性文学主要经历了三个阶段的界说：

1. 女性作家创作的一切作品的女性文学（广义界说）。
2. 作家创作的体现女性意识、主体意识的女性文学（过渡界说）。
3. 女性作为书写主体，体现女性意识的、女性主体性的、具有批判精神的文学（狭义界说）。

对女性文学进行广义的和狭义的两个层面的界定，既涵盖了女性作家所有的文学创作，又体现了女性主义立场的诉求。广义的层面：女性文学是女作家创作的一切文学作品，可以为宏大叙事也可以是微观书写，或如有的学者所说的政治文本和性别文本，或"我们必须公正地揭示和描绘妇女所面对的外部和内部的两个世界。所以，如果我们能够把女作家所写的关于女人和男人以及整个社会生活的作品，统称为妇女文学，它的内涵和外延就会更加广泛和深刻"[①]。狭义的层面：女性文学是女性作为书写主体，体现女性主体性的，具有历史性、时代性的和批判性的文学，更接近于女性主义文学或女性写作（西苏所倡导的女性的一种反抗性的写作行为）。本著作的研究以广义的女性文学为界定标准，研究范围为女作家创作的一切文学作品。

女性文学作为一种具有文化颠覆和建设的双重内涵的文学现象，应正确对待之。一是我们应力求避免陷入性别本质主义或文化本质主义的窠臼，也就是说不能将两性差异本质化。前者如波伏娃所述："一个人之为女人，与其说是'天生'的，不如说是'形成'的。"后者如李小江所认为的："女人的确是天生的，而女人身为'第二性'的屈辱地位则是后天形成的。""我们今天在破波伏娃的'人造女人'的神话，则是要在本体论的起点上重建女人的主体地位，从精神上与男性中心的文化观念决裂；

---

① 张抗抗. 我们需要两个世界 [J]. 文艺评论，1986（1）：60.

在尊重自然的基础上认同女人的主体身份,与自然共处,而不是否认自然差异或向自然宣战——这才是女人可能在精神和情感上真正站立起来、实现独立自主的基础。"①二是我们应力求探寻、挖掘女性文学创作自身的审美内涵,女性文学对人类历史文化的宏大叙述与关注,对女性自身生存体验和精神内质的描绘和反思,是人类社会文化的重要组成部分。正如冰心所认为的:"世界若没有女人,真不知这世界要变成什么样子!我所能想象得到的是:世界上若没有女人,这世界至少要失去十分之五的'真'、十分之六的'善'、十分之七的'美'。"②

20世纪80年代以来的文学批评中,由于言说者的性别立场不同、角度不同,"女性主义文学"一直作为影响广泛、争议颇多的文学创作现象,同"女性文学"一样难以给其统一规范,有时甚至与女性文学相混淆,认为女性文学等同于女性主义文学,或认为女性主义文学是女性文学的狭义的概念,或认为女性主义文学是女性文学的分支。女性文学可分为广义与狭义。"广义的'女性文学'包含了历史上及现实中出自女性之手的文学创作的所有类型与形态,狭义的'女性文学'是指五四以后以现代人文精神为其价值内核的女性创作。"③刘思谦则认为,"女性文学"衍生出"女性主义文学","妇女文学与女性主义文学都是在不同的历史条件、话语环境下由女性文学衍生出来的两个分支"④。

开启"女性主义文学"探讨帷幕的当数孙绍先。1987年孙绍先的《女性主义文学·引言》指出:"'女性主义文学'(Feminist literature)是指

---

① 李小江. 女人读书——女性/性别研究代表作导读[M]. 南京:江苏人民出版社,2005:212.
② 吴福辉,陈子善. "现代作家精选本"第2辑[M]. 上海:复旦大学出版社,2006:230.
③ 乔以钢,林丹娅主编. 女性文学教程[M]. 石家庄:河北教育出版社,2007:2—3.
④ 刘思谦. 中国女性文学的现代性[J]. 文艺研究,1998(1):95.

那些以女性为创作重心的作品和与之相适应的文学批评。凡是反映女性在男权社会的苦闷、彷徨、哀怨、抗争的作品，不问其作者性别如何，都视为'女性主义文学'。"①林树明认为："女性主义文学不是展示一个既定的女性身份，它正构架一种作为文化现实的女性地位。"②金文野则从女性主义与女性主义文学、女权意识与女性主义文学及女性文学与女性主义文学三个方面，概括了女性主义文学的主要内涵："女作家立足女性立场，充分体现女权意识和性别平等理念的文学作品。"并认为这是个狭义的界定，从广义看，"女性主义文学应该泛指所有体现反对'性别歧视'、追求'性别平等'价值理念的文学作品，并不一定绝对限定作者'女性'的性别身份"③。而最后其行文的论述采用的还是狭义的女性主义文学。这似乎契合了女性主义文学批评的主要关注点：作为读者的批评（阅读男性作家的作品）和对女作家的批评，皆是对父权制的颠覆与建构。本著作的研究是在孙绍先对女性主义文学界定的基础上展开的，这个界定范围更广，对于中国女性主义文学批评的作品涵盖也更全面。

（二）女性文学研究·女性主义文学批评

女性主义文学接近于女性文学的狭义说法，即女作家立足于女性立场的创作，女性作为书写主体，体现女性主体性的，具有历史性、时代性和批判性的文学。女性文学研究（批评）与女性主义文学批评既相互联系又有其不同侧重点，女性文学研究主要是对女作家创作的作品的研究或批评，而女性主义文学批评则是以女性主义为立场进行的文学批评。

1986年，法国西蒙娜·波伏娃创作的《第二性》（1949）由湖南文艺出版社出版，这一被誉为女性主义"圣经"的著作在中国一经出版就引起

---

① 孙绍先.女性主义文学·引言[M].沈阳：辽宁大学出版社，1987：2-3.
② 林树明.女性主义文学批评在中国[M].贵阳：贵州人民出版社，1995：352.
③ 金文野.中国现当代女性主义文学论纲[M].北京：中国社会科学出版社，2011：19.

了很大的反响,为中国女性文学及其批评提供了一种审视世界、社会、男女两性等的新方法和新视角。1988年,美国贝蒂·弗里丹的《女性的奥秘》,虽然没有像《第二性》那样在中国有巨大的轰动效应与影响,但它被译介到中国,为中国女性文学与批评等相关研究提供了一个更好地理解西方女性主义理论与批评的范本,有其一定的意义。

1992年,张京媛主编的《当代女性主义文学批评》主要分为"阅读与写作"和"女性主义批评理论"两大部分,共19篇文章。这些文章主要发表于20世纪80年代以后,从不同视角介绍了英、法、美等学派的女性主义理论研究的最新成果,为中国女性文学及女性主义文学批评的发展提供重要理论溯源,促进了中国女性主义文学批评的兴起与发展。

女性主义文学批评是由女性文学研究(批评)演化而来的,如孟悦、戴锦华的《浮出历史地表——现代妇女文学研究》、徐坤的《双调夜行船:九十年代的女性写作》等。反之,女性文学研究(批评)以女性主义立场出发进行研究或批评,如陈志红在《反抗与困境——女性主义文学批评在中国》中,在"反抗性阅读"总体框架下,将当代的中国女性主义文学批评分为三种类型:"建构式""兼容式""颠覆式",以女性主义立场对女性文学的历史进行基础性研究,融汇社会、历史等与传统批评并驾齐驱,并对女性文学进行重新解读、拆解、颠覆等。

女性文学研究与女性主义文学批评既有其渊源又有其各自的使命。女性文学研究在其发展历程中,关注女性文学创作及对其进行研究。女性主义文学批评更多的是以性别视角的立场来阐发文学创作及其进行研究。如戴锦华以"女性视点"为其出发点。更有学者指出,只要"从'女性主义'的立场出发,遵循'女性主义'的基本原则进行的文学批评,就应该是'女性主义文学批评'。因此,'女性主义文学批评'的批评对象可以是'女性文学'和'女性主义文学',也可以是男性创作的文学"[①]。按此

---

① 王艳峰. 从依附到自觉——当代女性主义文学批评研究·绪论 [M].
上海:上海交通大学出版社,2009:17.

说法，女性主义文学批评之对象不仅仅局限于女性主义文学，其范畴也扩展到女性文学研究的领域，并且可以对男性创作的文学进行研究。

女性主义文学批评成为中国文学批评中的一大模式，虽然其当前处于瓶颈之态，但多数学者并没有放弃为其寻找突围的路径。尤其是女性主义文学批评赢得了很多男性学者的关注，并成为其一员，如孙绍先、康正果、林树明、陈骏涛、王侃等。林树明两点阐释性的回答，可以给其一定的解答："第一，中国的现实需要女性主义文学批评。……第二，我找到了理解、阐释文学的一种新角度、新话语。"①

笔者认为，女性主义文学批评以女性主义为立场，可以包括对男性作家创作的文学进行批评，是对女性主义文学的批评，而不是宽泛地将女性文学也作为研究对象，如果这个女性文学是广义的，则外延太大，如不是广义的，就接近于女性主义文学的范畴了，所以女性主义文学批评是体现女性主义立场的文学批评，不论是女性作家创作的作品还是男性作家创作的作品，都可以成为其关注的对象。反思中国女性主义文学批评，可以归结为：此批评意在反抗与颠覆父权制及其中心文化、关注女性创作，特别是站在女性主义立场，创作体现女性主体意识的女性文学作品、构建和谐美好的"性别诗学"。

随着社会的发展、科技的进步、人民生活水平的提升，人们的思想意识也从传统的、封建的、僵化的、男女不平等中走出，国家也倡导男女平等、"男女都一样"，但在现实的生活实践中，有些地方、某些领域，仍存在着女性受虐、处于不平等的地位，甚至是无地位的。所以中国需要女性主义文学批评。同时，女性主义文学批评以女性主义的视点来审视、反思、建构文学的历史、现状及未来，丰富了文学创作与文学史。这些彰显了女性主义文学批评存在的重要意义与价值。

---

①林树明. 女性主义文学批评在中国·后记［M］. 贵阳：贵州人民出版社，1995：400.

第一章 多元化的女性形象批评

女性形象批评是20世纪60年代西方女权主义运动的直接产物。女性形象批评在西方指的是"在男性作家的作品中或在男性评论家评论女性作品时所运用的批评范畴中去寻找女性模式（stereotype）。它以从性别入手重新阅读和评论文本为主要方法，以将文学和读者个人生活联系为主要特点。以批判传统文学，尤其是男性作家的作品中对女性的刻画以及男性评论家对女性作品的评论为主要内容，以揭示文学作品中女性居于从属地位的历史、社会和文化根源为主要目的"[①]。最初，随着女权主义运动的发展，学院派的女性学者对带有性别偏见的文学标准产生了质疑，尤其是男作家笔下的女性形象，她们对被扭曲的女性形象进行了女性主义立场的阐释，从而对男权传统展开了文化政治批判。

早期的西方女权主义者在对文学中的女性形象进行分析与批评时，主要将作品中的女性形象与现实中的女性形象相比较，从而揭示作品中女性形象的被歪曲与被丑化。美国作家桑德拉·吉尔伯特和苏珊·古芭的《镜与妖女：对女性主义批评的反思》，按照M. H. 艾布拉姆斯《镜与灯》的分类方式，将女权主义文学批评分为镜子式和妖女式两大类。镜子式基于文学反映客观现实，无论对厌女的鉴定、发现还是重新评价去世的作家，也包括对作家笔下女性形象的肯定，都将其职能界定为照镜子。妖女式意在以一种全新的语言进行创作与批评。对女性主义文学批评家来说，艾布拉

---

① 顾红曦. 凯特·米莉特的《性政治》与"女性形象"批评［J］. 外国文学研究，1998（4）：69.

姆斯的"灯"的喻说，不仅具有浪漫主义的激情，也蕴含着性别特征，引发反叛性、反理性、反传统的情感冲动。这便是吉尔伯特和古芭对"阁楼上的疯女人"、天使与妖女形象孕育的征兆吧。

第一节　女性形象批评的产生

一、西方女性形象批评的嬗变与影响

西方的"女性形象批评"可以分为理论化批评与文学化批评两个阶段①，这两个阶段具有某种程度的过渡性。

理论化批评阶段以西蒙娜·波伏娃的《第二性》等为代表，通常以文学作品中的女性形象来阐释和印证论者的某种女性主义观念或理论。

创作于1946—1949年的《第二性》，波伏娃以存在主义理论阐释了蒙泰朗、劳伦斯、克劳代尔、布勒东、司汤达这五位男性作家笔下的女性形象。波伏娃侧重于引用五位男作家带有性别倾向性的原文来证明他们对女性的敌视，而女性形象自身具体的心理、外貌、性格等并未被作为中心来批评。波伏娃认为"女人通过使自己成为他人，也作为主体完成了她自己——'我是主的仆人'；正是在她的'自为'（pour-soi）——她的自由的自我意识中，她显现为'他者'"②。

第二阶段主要体现在英美女性主义文学批评中，较之前一阶段更加富有文学批评色彩，为文学化批评阶段。主要代表有《小说中的妇女形象：女权主义的视角》《阁楼上的疯女人：女作家与19世纪的文学想象》（1979）。

---

①王艳峰.从依附到自觉：当代女性主义文学批评研究［M］.上海：上海交通大学出版社，2009：37—38.

②波伏娃.第二性［M］.（全译本）陶铁柱，译.北京：中国书籍出版社，1998：267.

这一阶段的"妇女形象批评,主要针对典型的男性文本,但它也包括那些受父权制文化影响,自觉将父权制标准内化的女作家作品中的女性形象,及那些有女性意识的作家不自觉受父权制标准影响而使内在经验发生歪曲变形的情况"[①]。因为女性作家创作往往潜在地受到父权制文化的束缚,不自觉地接受了父权传统观念,背叛了自己的性别,创作不真实的女性形象,有时与男性作家相比,有过之而无不及。即使是女权主义者,有时也不免落入窠臼。

"在《洛丽塔》(Lolita)中,纳博科夫(Vladimir Nanokov)讲了一个故事:植物园里有只猴子得到了一副画架和颜料,这家伙的第一幅画就画了它笼子上的铁条。很可惜的是,女权主义者在作品中表现自己世界的疆域时,也把自己有限的视野拔高为神圣的远见。"[②]可知,无论男人与女人已习惯于这种不真实,往往无意识中认可了这种规约,认同男主外、女主内,社会是男人的天地,而家庭是女人的领地,等等。尤其女人,往往处于一种自缚中,女人需自我觉醒,自己走出不真实的所谓的规约。

托里·莫依主编的《小说中的妇女形象:女权主义的视角》也揭示了不真实的女性形象的创作。文中的21位作者将文学与现实生活联系在一起,对文学进行细致阅读与阐述,揭示并批评了小说中的不真实的妇女形象。这本书结合现实生活,从女性自身经验出发,比照作品中与现实生活中的女性形象,挖掘其差异,揭示父权制文学统摄下作品中的女性形象的不真实性与被歪曲、被贬损。传统的价值实际上只是唯一的、男性的价值与批评标准,其目的在于提升女性自身的思想觉悟。

《阁楼上的疯女人》将女性形象分为两大类:天使和妖女。认为男性作家笔下的天使形象是温柔、善良、美丽、纯洁并有奉献精神的,是男性

[①] 张岩冰. 女权主义文论 [M]. 济南: 山东教育出版社, 1998: 63.
[②] 肖瓦尔特. 她们自己的文学: 英国女小说家: 从勃朗特到莱辛 [M]. 韩敏中, 译. 杭州: 浙江大学出版社, 2011: 201.

按照自己的理想塑造的温柔的女性。而妖女则表现了男性的"厌女症"，即对女性的厌恶与恐惧。

天使类如皮格马利翁的"象牙女郎"。奥维德在《变形记》[①]中讲述这样一个故事：古希腊的神话传说中，皮格马利翁是塞浦路斯的国王，也是个极其出色的雕刻家。因不满女人身上存在各式各样的劣性，于是他用象牙雕刻了一位美轮美奂的女郎，并爱上了这个女郎，他祈求爱神将其赐给自己。于是，这个"象牙女郎"因爱神的恩赐而获得生命，与皮格马利翁结婚并为他生儿育女……[②]"象牙女郎"作为男性按照自己的意愿制作而成，成为男性心目中理想女性的典范，其所隐含的意义值得深入解读。作为一个"被塑者"，所选的材质是象牙，象征着纯洁、无暇、美好，又因男性而被塑，为他者而生，为爱而存在，爱情与男人是她被塑与存在的全部意义所在。由此，无论是"天使"还是"象牙女郎"皆凸显了男性对女性的美好品性的期待，而这恰恰压抑了女性的创造力与生命力。正如伍尔夫在其《妇女的职业》中所说：女人要创作，首先要杀死家里的天使。

妖女类如疯女人伯莎·梅森。吉尔伯特和古芭对《简·爱》[③]中简·爱与伯莎·梅森的分析，对天使与疯女人/妖女形象的阐释，认为疯女人伯莎·梅森正是简·爱的另一面，伯莎·梅森放火烧毁庄园是潜意识里对男权中心地位的抗争，同时隐喻女性对男权的毁灭。她们认为罗切斯特是男权的象征，是权力的中心，当初罗切斯特为了欲望与金钱娶了伯莎·梅森为妻，后发现伯莎·梅森是疯狂的女人便将其关进阁楼。

可以看出，《阁楼上的疯女人》在分析西方19世纪女作家文学作品的基础上，深入探讨了文学创作中的想象力与创作力问题，涉及了女性主义

---

① 奥维德. 变形记 [M]. 杨周翰, 译. 上海：上海人民出版社, 2016.
② 梁巧娜. 性别意识与女性形象 [M]. 北京：中央民族大学出版社, 2004：60.
③ 勃朗特. 简·爱 [M]. 宋兆霖, 译. 海口：南海出版公司, 2015.

文学批评的关键性问题——对女性文学传统的研究，让女性作家说话，说真实的话，创作真女人。从而使女性主义文学批评逐步建构女性自己的阅读与创作的合理性，即从对男性文本的颠覆性阅读到对女性文学创作的研究、重写文学史等方面的追寻。当然，某种程度上，她们这种代某些妇女说话的批评方式，又有以女权主义的权威代父权制的权威之嫌，往往被后解构主义女权主义者所批评。

1988年，朱虹的《禁闭在"角色"里的"疯女人"》是她对单部作品进行女性形象批评的初始，她认为《简·爱》这一力作有两个妇女形象，一个是简·爱，还有一个是罗切斯特的妻子伯莎·梅森，即关在楼阁里的疯女人。[1]这部自传性小说中的两个妇女形象是通过自述与被述来展现的，即简是用自己的语言从正面叙述的，而被关在阁楼上的疯女人伯莎·梅森没有自己说话的机会，自己"不能发声"，她的故事、她的形象是由关禁她的丈夫罗切斯特从反面叙述的。学者朱虹认为："《简·爱》是现实主义小说杰作，从妇女意识的角度看，还是炽烈的女权主义宣言。"[2]对疯女人伯莎·梅森这一形象的展现与处理一直处于遮蔽的状态。而对伯莎·梅森——疯女人形象进一步挖掘深化的作家作品是英国现代女作家简·里斯的《藻海无边》[3]。现代女作家多丽丝·莱辛的小说《四门之城》（1969）在更潜在的意义上将简与伯莎·梅森合二为一，合拍为一体，即一个女人的形象，也就是有的评论者所认为的简与伯莎·梅森所展现的天使与疯女人形象正是女性的两面性，实现了她们的先驱者简·爱与伯莎·梅森所错

---

[1] 朱虹. 禁闭在"角色"里的"疯女人"[J]. 外国文学评论，1988（1）：88.

[2] 朱虹. 禁闭在"角色"里的"疯女人"[J]. 外国文学评论，1988（1）：90.

[3] 里斯. 藻海无边：《简·爱》前传[M]. 陈良廷，刘文澜，译. 上海：上海译文出版社，1995.

过的互相认同。①这显然汲取了西方女性形象批评中"天使—妖女"的批评模式。

1989年朱虹的《妇女文学——广阔的天地》一文又对中外文学中的女性形象运用了女性形象批评的方法进行了简要的述评。综观漫长的文学历史，女人在作家行列、在文学作品中的缺席或被代发声，女人是由男人的意愿而塑造的，等等，这种程式化的妇女形象已由来已久。古今中外，虽然国家、民族、文化不同，却有着某种相通性，都体现了相似的男性作家的想象。朱虹的一系列女性主义批评论著促进了中国现当代文学作品中的女性形象批评的发生与发展，使中国的女性主义文学及批评走向重要的一步。

二、中国女性形象研究的传统积淀与发展阶段

女性形象是一种性别标志下的人物形象，作为一种人物形象，中国传统中的人物形象批评中包含了对女性人物的分析与研究，也就是说，中国的女性形象批评早已在传统的人物形象研究中有所蕴含，只是受"大气候"的影响处于一种隐性存在状态。20世纪80年代以前，女性形象研究或批评隐含于中国的人物研究、分析中，虽然批评意味不是那么明显，但叩作其存在的萌芽。而并非有论者所认为的"对于我国而言，女性形象批评是西方理论的译介促生"②。20世纪80年代末，西方女性形象批评被译介到中国，促进了中国女性形象批评的发展并使其彰显，而不是西方理论"促生"中国的女性形象批评的。

中国的女性形象批评有其自身的文化传统与历史背景，有其特色。与西方的女性形象批评相比，我国的女性形象批评主要是文学化批评，即对文学文本进行研究与批评。其中更多的是经验式的文本批评，"传统的女

---

① 朱虹. 禁闭在"角色"里的"疯女人"[J]. 外国文学评论，1988（1）：92.

② 王艳峰. 从依附到自觉：当代女性主义文学批评研究[M]. 上海：上海交通大学出版社，2009：42.

性形象研究主要是从阅读经验的美感出发，运用社会历史批评方法，并没有把女性形象的主体性和男性中心主义联系起来"[1]。女性形象的塑造可分为两大类：一类是寄寓着男性创造者审美意愿的理想载体和衡量社会解放的人性深度的标尺以及变动社会系统中修辞能指[2]；"一类是处身其中对自我及两性关系有着清醒、自觉的探询意识的知识女性形象群（女性作家笔下女性形象的自塑）"[3]。中国文化批评中孕育的女性形象之批评由来已久，经历了风风雨雨，成为我国文化、文学批评中一种重要的批评形态。在20世纪80年代，中国的女性形象批评伴着改革的春风及西方女性主义文学批评的译介破土而出；20世纪90年代前后，尤其是1995年世界妇女大会的召开，促进了其发展与进入高潮期；走进21世纪，在葆有高潮的基础上，走向深化与开放期，呈现了女性主义文学批评及女性形象批评的繁荣景象，相关有质量、有水准的著作频频出世。

（一）萌芽与诞生期

据笔者所查，在中国，较早对小说中女性形象作以系统研究的专著是1985年吴宗蕙的《小说中的女性形象》，该著作主要以新时期小说中的女性形象为评论对象，并不是单一对女作家作品中的女性形象进行评论，也有对男性作家作品中的女性形象的评论。涉及的女性作家作品为《苦难中觉醒——评韦君宜的小说〈洗礼〉》《"红颜"为何多薄命——读〈心祭〉》《宗璞笔下的知识女性》《一个独特的女性形象——评〈流逝〉中的欧阳端丽》《张弦小说中的女性形象》等。评韦君宜的小说《洗礼》[4]

---

[1] 王明丽.生态女性主义与现代中国文学女性形象·导论[M].北京：中国书籍出版社，2013：4.

[2] 丁莉丽.她们：变动社会系统中的修辞能指／对新时期小说中部分女性形象的解读[J].浙江学刊，2000（4）.

[3] 王明丽.生态女性主义与现代中国文学女性形象·导论[M].北京：中国书籍出版社，2013：4—5.

[4] 韦君宜.洗礼[M].广州：花城出版社，2016.

中，吴宗蕙认为，作为一位老作家，韦君宜的创作"都紧紧围绕着一个轴心，即塑造一代老干部的形象"，"描写他们的痛苦和欢乐，探索和追求，描绘他们从迷信到迷惘到觉醒的历程"，"在这个画廊里已经有周青云、'妈妈'、孙蕙英、王辉凡。显而易见，这是一位老作家对于那个'悲剧时代'的颇有意义的新开掘"①。该著作中《宗璞笔下的知识女性》一文，吴宗蕙认为："作家着意塑造的这群女性，大都走过坎坷曲折的人生旅程。她们有着丰富而深广的精神世界，具有高风亮节和傲骨柔肠，有孤独感，也有自信力。她们蒙受着比男性知识分子更多的苦难，因而，付出的代价和牺牲也更多。"②

可见，该著作认为新时期女性形象丰富而深刻的原因更多的在于妇女解放，妇女解放与社会的解放又是分不开的，如果运用社会历史分析，从道德伦理方面、从社会的角度来阐释妇女的解放，更多的是分析和研究，以集体遮蔽了个体，未充分认识到妇女的解放更在于自身觉醒、自我救赎，缺乏批评性。当然我们也要意识到："新时期小说中的女性形象，既显示出鲜明的个性和新时代女性性格的丰富性，又表现出历经劫难的性格的复杂性。这是文学在塑造女性形象上的一个很大的突破。"③该著作可作为中国女性形象批评的萌芽。

1987年孙绍先的《女性主义文学》中部分章节阐述了父权文化中的几类女性形象。如该著作的第一章第五小节："赵贞女与潘金莲——父系文化中的女性形象"，分析了以赵贞女与潘金莲为代表的"贞女"与"荡妇"的两极妇女形象，与西方女性形象批评中的"天使"与"妖女"有异曲同工之妙。"贞女"形象是父系文化意识支配下，男权社会对女性的要求，"贞节烈妇"不仅受到男权社会的推崇，并要为之立牌坊，史书上也要有

---

① 吴宗蕙. 小说中的女性形象 [M]. 长沙：湖南人民出版社，1985.
② 吴宗蕙. 小说中的女性形象 [M]. 长沙：湖南人民出版社，1985.
③ 吴宗蕙. 小说中的女性形象 [M]. 长沙：湖南人民出版社，1985.

所记载。而无论是《金瓶梅》①还是《水浒传》②中的潘金莲，都是作为否定人物出现，被归为"荡妇"形象，男性视"荡妇"为祸水，表现了男性对女性的恐惧。"荡妇的形象不仅用来防范女性，更重要的是警告男性。荡妇是泼不掉的祸水，对男人的社会危害极大。亲夫武大郎惨死在潘金莲手中，奸夫西门庆被她弄得精衰力竭而亡，多么可怕的女人！"③

同时，该著作的第二章通过中国女性主义文学在其发展过程中女性思想观念的嬗变，分析了女性对男性的苦苦寻找，其间不乏关于"女性形象"的阐发。寻找的历程主要有三个阶段：怨恨心理阶段、报复心理阶段及嘲弄心理阶段。

怨恨心理阶段是从先秦到晚清，"在这一阶段中，女性主义文学的发展经历了由高向低再到高的曲折过程。在以《诗经》为代表的文学作品中，已经出现了富于反抗精神的女性形象，而汉魏之后，女主人公大都变成了'怨而不怒'的淑女型人物，至明清之际，叛逆的呼声才又见高涨"④。在这一阶段，孙绍先认为女性主义文学可以分为两类女性形象，即少女与弃妇。她们"从年龄上来说，都属于青年女性。中年和老年妇女已经入了樊笼没有解脱的希望了，而且，其中很大一部分被父系文化观念同化，成为男权的代言人和执法者"⑤。

报复心理阶段为"五四"时期到20世纪70年代，这一阶段的女性主义文学集中揭露了罪恶的封建婚姻制度，体现了女性尤其是知识女性对民

---

① 兰陵笑笑生. 金瓶梅［M］. 济南：齐鲁书社，2009.
② 施耐庵. 水浒传［M］. 北京：中国少年儿童出版社，2000.
③ 孙绍先. 女性主义文学·引言［M］. 沈阳：辽宁大学出版社，1987：32.
④ 孙绍先. 女性主义文学·引言［M］. 沈阳：辽宁大学出版社，1987：34.
⑤ 孙绍先. 女性主义文学·引言［M］. 沈阳：辽宁大学出版社，1987：45—46.

主、平等观念的觉醒。以《日出》[①]中的陈白露和《雷雨》[②]中的繁漪为代表，当自身处于被欺压、被欺辱、被损害的境地时，其怨恨的爆发将要毁掉一切的程度。如繁漪视周萍为自己苦难生涯的救星，想牢牢抓住这个男人，这个男人背叛了她。她绝望地呼喊："一个女人，你记着，不能受两代人的欺侮！"这一阶段涉及了知识女性形象或曰新型女性形象。

嘲弄心理阶段为20世纪70年代末到80年代，主要分析了知识女性在对男人的找寻中的失望与嘲弄，此阶段的女性不仅要求人身自由，也要求精神的独立，并与男性在精神上产生共鸣。如张洁的《方舟》中，三个知识女性都有优越的社会身份，她们对男人的审视更尖锐、更挑剔，她们认为周边的男人都是有些女人味的男人，缺乏男子汉气质。

由上可知，这三个阶段中女性对男性的寻找，主要分析了几大女性形象类型：少女形象、弃妇形象、知识女性形象等，可谓中国的女性形象批评的诞生，对女性形象进行了类型化的处理，对女性形象批评也有所深化。

（二）发展与高潮期

20世纪80年代末及20世纪90年代，中国的女性形象批评有了较深入的发展，并逐渐走向高潮。大多数评论家、学者对女性形象进行批评时，往往在运用社会历史文化批评的基础上，更多地采用精神心理分析批评、性别理论、结构主义叙事学等批评方法，注重文本分析与批评方法相结合，如对作家作品进行细读、深入分析，总结出女性形象。

1989年8月，李小江的《女人——一个悠远美丽的传说》出版，该书的序言中指出：女人做人的路是艰难的，女人没有自己的历史，女人一直处于无形的、沉重的精神枷锁中。并引用了诗人涅克拉索夫的名诗："女人幸福的钥匙，女人自由的钥匙，让上帝自己丢失了。"虽然人们曾一起努力抗争，寻找人自由、解放的钥匙成功了，"可是女人自由的钥匙，却还

[①] 曹禺. 日出[M]. 北京：人民文学出版社，1994.
[②] 曹禺. 雷雨[M]. 北京：人民文学出版社，2010.

是没有找到。伟大的战士们至今还在寻找"①。李小江又进一步指明："本书试图做这样的尝试：通过一系列典型的妇女形象，展现出一部比较完整的女性形象史，由此来见她的进化和发展。"②意在挖掘古今中外文学中的女性形象，展现其女性形象的历史，从而更好地了解女性的发展历史，运用被扭曲的、被异化的、被损坏的女性形象来批判文学中的父权机制。该著作阐述了由女神、女奴，随之觉醒，到女人的嬗变历程，从女性形象批评的角度与方法重估、阐释了古往今来中外文学中的女性形象，如美狄亚、克吕泰涅斯特拉、朱丽叶、简·爱、卓文君、陆文婷等女性形象。"这是一部为女人而写并期望所有的女人能够阅读的书。它歌颂美——女性的魅力；歌颂爱——女性的信仰；歌颂为儿童、为人类、为和平事业忘我贡献——女性的力量。"③指出了父权制对女性形象的损害与扭曲，为被诟病的、不好的女性形象如美狄亚、潘多拉、夏娃等正名。力图寻找女性的自我主体意识："做人，做女人，首要的是寻到作为女性的人的自主主体。无论多少哲理对'人'下过多少定义，女人的主体身份的寻得，永远起步于对历史的非人身份的清算，以女人的名义勇敢地正视这样一个不可回避的难题：我是谁？"④

1989年，孟悦与戴锦华的合著《浮出历史地表——现代妇女文学研究》是系统而有影响力的对女性形象作以批评的专著。该著作主要运用了符号学、精神分析学、结构主义叙事学、女性形象批评等方法阐述了文学中的

---

① 李小江. 女人——一个悠远美丽的传说·序[M]. 上海：上海人民出版社，1989：2.

② 李小江. 女人——一个悠远美丽的传说·序[M]. 上海：上海人民出版社，1989：3.

③ 李小江. 女人——一个悠远美丽的传说·序[M]. 上海：上海人民出版社，1989：3.

④ 李小江. 女人——一个悠远美丽的传说·序[M]. 上海：上海人民出版社，1989：4.

女性形象，具体分析了古典文学中男性作家笔下的女性形象、现代文学中男性作家笔下的女性形象和现代文学中女性作家笔下的女性形象。该书的作者认为，文学实际上在中国特有的文化传统中带有特异性，即男性作家占多数，那些男性作家创作的作品，虽然不是像条文规定、伦理道德那样的话语系统，但他们在文字里流露着根植于生活的性别意识，是封建社会传统沿袭下来的对女性、对男女两性之间的关系的固然看法。

1995年，刘慧英的《走出男权传统的樊篱——文学中男权意识的批判》的第二章的标题就是女性形象"自我"的空洞化，将女性形象在古今中外三种故事程式关系中作以分析。三种故事程式分别是：才子佳人程式——女性对男性的物质和精神依附；诱奸故事程式——女性自我的迷失；社会解放程式——对女性自我的回避和否定。这三种故事程式详细阐述了女性形象是如何被空洞化的，女性形象在父权制文化中被赋予了哪些意义与价值，是如何被损害与抹杀的，从而批判女性形象在男权文化规范中的被规训与被合理化。"父权社会铸就了一种女性价值尺度，实际上是一种男权意识形态话语：女人要么是贞洁贤良的烈妇贞女，要么就是妖艳猥亵的荡妇淫女。"[1]

该书指出，男权文化传统中的才子佳人程式主要见于中国古代戏剧与小说中，如《莺莺传》《李娃传》《霍小玉传》[2]等唐传奇基本是"青年男女一见钟情，男为'色'倾倒、女为'才'仰慕"，男才女貌是青年男女互相吸引与产生情愫的关键，有其一定的文化心理根基。然而，这种彼此爱慕的背后隐含着男女不平等的关系。以《霍小玉传》为例，揭示了女性对男性的附庸，女性是攀附在男人身上的植物或秋凉后便被闲置或被嫌弃的工具。在封建社会文化体系中，女性无主体性而言，闺阁中从父从兄，

---

[1] 刘慧英. 走出男权传统的樊篱——文学中男权意识的批判 [M]. 北京：三联书店，1995：145.

[2] 史仲文. 中国文言小说百部经典 [M]. 北京：北京出版社，2000.

出阁后从夫从子，其一生处于男权文化的樊篱中，为女为妻为母。"男怕入错行，女怕嫁错郎"，对女人来说，婚姻的幸福与否是一个女人存在的全部意义所在，或被男人"托"，或被男人"损"。而男人的"才"与"财""权势"是相通的，不论是封建社会还是当今社会，女子对"才"的重视更多的是对男人未来生活"财"与"权势"所投的筹码，正如当今流行的一句话便是"此男是否为潜力股"。《西厢记》[①]的大团圆在某种程度上是对《莺莺传》的自觉超越。虽然张生与莺莺冲破了包办婚姻的束缚，有巨大的突破，但张生与莺莺最后能团圆、成亲，"根本前提是张生一举及第，中了头名状元，'郎之才望，亦不辱相国之家谱也'——这才使莺莺真正心安理得，也是他们的婚姻最终为封建社会所默许的关键所在"，正所谓的"门当户对"。才子佳人的故事大多将女主人公的爱情押在男子的才与功名上，"女子无才便是德"，女人用美貌与痴情激发男人成功或以娘家的财富与门第来支持男人获得成功。

在现当代社会，才子佳人故事程式仍存在于我们的现实生活中，该书列举了20世纪80年代陈建功的小说《迷乱的星空》[②]，通过两代人的婚姻和爱情表达了现代人对传统价值观念的潜移默化的继承与发展。天体物理学家陈昊与护士蕙文的爱情婚姻，是现代的才子佳人故事程式的呈现。出身名门的蕙文，以自己当护士的微薄薪水资助相爱的陈昊出国深造，陈昊学成归来后两人圆满完婚，相敬相爱，走过人生的大半辈子。而默默奉献的妻子为了丈夫、为了孩子，放弃了自己成为文学家的梦想，晚年躺在病榻上的蕙文只能每天让丈夫给自己读一小时文学作品来聊以自慰，弥补自己人生的遗憾。在此，陈建功展露了女人存在的空洞化，女人除了被赋予的妻子、母亲这样的传统角色，还有什么？能为自己做什么？而作为蕙文女儿的炜炜并不理解父亲和母亲的付出和失落，只看到了父亲和母亲的爱

---

① 王实甫.西厢记[M].王季思,校注.上海：上海古籍出版社,1978.
② 陈建功.迷乱的星空[M].天津：百花文艺出版社,1981.

情、婚姻在形式上的幸福美满、浪漫与幻想。炜炜对顾志达的爱情抉择故事无疑也是这种才子佳人故事程式的承袭，虽然最后顾志达的信念与炜炜的价值观念相抵触。炜炜将目光注视在顾志达非凡的谈吐和敏锐的思路上，认为他具备"文学巨人"的才气和能力，期望他能获得成功。"虽然作品没有直接表现炜炜那种女性的依附意识，但是却通过她与顾志达不同的人生理想揭示了潜藏于她内心深处的传统的因袭——炜炜最终还是与'不近人情'的顾志达分手了，因为他的人生信仰注定他很可能奋斗一生，心力交瘁而一事无成，这与炜炜对成功的辉煌憧憬相去太遥远了。"[①]父母婚姻浪漫的光环深深影响着炜炜，一种心理上期盼男人的成功，对男人的依附并未根除，女人凭借男人的才气与成功来主宰自己的命运的文化心理与观念仍深深地积淀于内心与脑海中。女性的温柔、美丽、贤惠、纤弱，默默的奉献、忍耐，她们的幸福取决于才男能否一展才华并取得成功，并成功后不"终弃"，女性对男人的依附，完全丧失了自我的存在，没有主体性，即女性自我的空洞化。

诱奸故事程式为第二类，即女性自我的迷失。"从近现代世界性文学写作的层面上来寻找一下女性自我是如何迷失于一些名著和名作中的。这些作品主要集中于十九世纪西方和俄国的文学中，也就是被恩格斯称之为'无产阶级姑娘被资产阶级男人所勾引这样一个老而又老的故事'。"[②]年轻貌美的姑娘被富贵少爷、老爷诱惑而失身、再被抛弃，甚至有的为其生子，身心受到损害、疲惫的女主人公构成了悲剧的主角。如作品：哈代的

[①] 刘慧英. 走出男权传统的樊篱——文学中男权意识的批判[M]. 北京：三联书店，1995：23.

[②] 刘慧英. 走出男权传统的樊篱——文学中男权意识的批判[M]. 北京：三联书店，1995：25.

《德伯家的苔丝》[①]、托尔斯泰的《复活》[②]、德莱赛的《珍妮姑娘》[③]及中国戏剧家曹禺笔下的《雷雨》等。诱奸故事程式的作者有意或无意地利用美貌、单纯、贞洁、贫弱的女性的不幸遭遇展开小说的主题，体现了男权的价值标准和审美情趣。

刘慧英以人为主体的观念重新审视了家喻户晓的文学作品《白毛女》[④]，认为"《白毛女》的上半段的故事——类似于'诱奸故事程式'的那部分后来很少有作品雷同或重复，而《白毛女》下半段所表现的主体精神却在当时和以后几十年表现穷苦人翻身的众多作品中一再出现"[⑤]。又如《小二黑结婚》[⑥]中小芹的全新生活是在新制度下才获得的，没有新制度，小芹也许会步母亲的后尘，靠"色"依附男人，可谓中国共产党解放了喜儿、小芹，这样的"社会解放程式"中的女主人公虽然身份不同——工人、农民、丫环、知识女性，遭遇各异，但她们的结局基本相近——不用独立思考，往往被另一性别所解放、所拯救。这类作品的重心往往是政治主题，而非女性的命运。即"旧社会把人逼成鬼，新社会把鬼变成人"。女性的命运一旦与政治斗争或社会解放相结合，将被外在力量所决定或束缚。女性在与男性同时获得社会解放的同时，应自身也得到解放。

同年，陈顺馨的《中国当代文学的叙事与性别》由北京大学出版社出

[①] 哈代. 德伯家的苔丝[M]. 王忠祥，聂珍钊，译. 武汉：长江文艺出版社，2011.

[②] 列夫·托尔斯泰. 复活[M]. 力冈，译. 天津：天津人民出版社，2016.

[③] 德莱塞. 珍妮姑娘[M]. 王勋，纪飞，等，编译. 北京：清华大学出版社，2010.

[④] 贺敬之. 白毛女[M]. 北京：生活·读书·新知三联书店，2012.

[⑤] 刘慧英. 走出男权传统的樊篱——文学中男权意识的批判[M]. 北京：三联书店，1995：43.

[⑥] 赵树理. 小二黑结婚[M]. 南京：江苏文艺出版社，2010.

版。陈顺馨生于香港，曾任香港"新妇女协进会"主席，创办了重要的妇女刊物《女流》，她作为女性学者，也是一位女性主义者。1989—1995年，陈顺馨在北京大学中文系攻读硕士及博士学位，因精通英语，可以直接阅读英文获得最前沿的学术信息，女性主义批评对其产生了重要的影响。陈顺馨主要从叙事与性别两个切入点研究与探讨中国当代文学，以叙事学与性别批评来阐释当代文学，尤其是探讨女性形象，是该著作的一个新视角，对之后的女性主义文学批评给予了重要启发，21世纪的多部女性主义文学批评著作多从这一角度切入，并对此进一步深化，这将在下文有所阐述。对女性形象批评的涉猎主要在该著作的第二编的第一、第二小节，作者分析了当代男性作家笔下的女性形象，阐述了曹禺戏剧中的两极化的女性形象——"夏娃"与"圣母"、赵树理笔下的农村妇女形象——"恶婆娘"与"好女儿"。

"夏娃"与"圣母"——男性作家笔下对女性形象的不同审美想象。陈顺馨首先分析了曹禺戏剧中繁漪、陈白露和花金子为代表的"夏娃"形象。她认为，繁漪的"疯狂"主要因为周朴园对她精神和身体的禁锢与压抑造成的，如周朴园不让繁漪下楼，说繁漪有病并逼其吃药，令繁漪对自己言听计从，并认为繁漪与《简·爱》中的"阁楼上的疯女人"伯莎·梅森有异曲同工之处。但繁漪有简·爱的人格分裂特征，她一方面痛恨损害了自己一生的周朴园，另一方面又要抓紧另一个男人——虚伪的周萍。最后，最应该被毁灭的代表男权制的周朴园却成为真的变得疯癫的侍萍的怜悯者，而繁漪成为真正被禁锢在阁楼上的疯女人。作为受过良好教育的陈白露同样逃脱不掉男人为其设计的"空洞"，成为作家面对社会所有的追求与无奈。花金子作为反抗与欲望的典型在曹禺的《原野》中发挥得淋漓尽致。在曹禺看来，神圣的原野具有净化的作用，可以将丑变成美，将肉体变成灵性，"在他的性别意识指导下，男性进入天堂的是审美之路，而女性的则是道德之路"①。20世纪40年代，曹禺塑造的"圣母"形象以愫芳、瑞珏、王昭君为代表，陈顺馨指出，"夏娃"与"圣母"形象的两极分化，并认为20世纪40年代塑造的"圣母"这一理想形象，是剧作家激情褪掉后的平静或平淡，而20世纪30年代的"夏娃"形象体现了曹禺创作的崭新面貌与不同的审美标准。没有自我，仍是一个空洞的能指。

"恶婆娘"与"好女儿"为擅长写农村题材的作家赵树理笔下的两类女性形象，陈顺馨指出，赵树理笔下的女性形象未脱离"魔女"与"天使"两极的形象，"恶婆娘"与"好女儿"分别是"魔女"与"天使"的变体，只是具体表现形态不同而已，她们虽与繁漪、陈白露等"坏女人"不同，却是封建旧社会的权势化身，压抑着"好女儿"的成长，如《孟祥英翻身》②《锻炼锻炼》③《三里湾》④等。值得注意的是，陈顺馨在评论分析中不仅仅从女性性别的角度着眼，也从叙事学的角度来加以阐发，即男人的"缺席"和"在场"。如"恶婆婆"这一形象，家中的男人是文本中的"在场的缺席者"，当婆媳发生矛盾时，他们（丈夫与儿子）起不到作用，并没有真正地"进场"，进而借婆婆行使了男权，不仅加强了恶婆娘的形象，实际上掩盖了男权对女性的压迫与损害。还有，往往将婆媳之间矛盾的和解归功于外界力量，如群众力量、干部等，这样，不论是婆婆的转变还是婆媳之间矛盾的和解都是借外部力量来缓和或解决的，是一种"救赎式"的转变，并没有触及女性自身意识的觉醒，并且"救赎者"仍是男性。

虽然，陈顺馨的《中国当代文学的叙事与性别》不像之前孟悦、戴锦

---

①陈顺馨. 中国当代文学的叙事与性别［M］. 北京：北京大学出版社，1995：67.

②赵树理. 李有才板话［M］. 北京：人民文学出版社，2001.

③赵树理. 赵树理小说全集［M］. 长春：时代文艺出版社，2001.

④赵树理. 三里湾［M］. 北京：人民文学出版社，1964.

华的《浮出历史地表：现代妇女文学研究》中的女性形象批评更系统（从1917年到1949年）地梳理中国现代文学中女性作家笔下的女性形象，也与刘慧英的"三个故事程式"有所不同。但在《中国当代文学的叙事与性别》中，陈顺馨主要以性别理论与叙事话语相结合的方式细读文本来分析中国当代文学，指出男性叙事与女性叙事之不同。在关于女性形象批评中，通过文本细致解读、分析，尤其是用比较的、叙事结构的方法对曹禺、赵树理笔下的两极女性形象进行分析，其创新点更在于运用叙事学中的男性的"缺席"与"在场"强化"恶婆娘"形象，并揭示了这一"恶婆娘"形象正是父权制传统文化对其背后的操控，揭示了叙述中父权的隐匿存在，女性形象更多的是作为"空洞的能指"，用来表征男性作家的生命体验与艺术想象，"在深刻的体认、细致的分析、详实的材料中呈现出女性主义的立场与视点"[①]，为中国女性主义文学批评开创了新的批评视角，为中国当代文学研究增添了重要的一笔。

（三）深化与开放期

21世纪以来，在全球化浪潮与飞速发展的市场经济的影响下，女性主义文学也进入了发展的新时期，在五四新文化运动、新中国成立、20世纪80年代等阶段文学批评经验的积累上，开始迈入崭新的时期。2005年，乔以钢在她的《世纪之交中国女性文学研究的新进展》[②]中，列出了很多著作，分别指出它们的价值，认为中国女性文学研究的新进展，在世纪之交表现在：一是在著作中体现了明显的女性意识；二是从文学与性别的角度，来完善诗学现代化的建构；三是统一文学史与思想史的研究；四是研究的时间与空间的跨越，时间上对古代女性创作进行研究，空间上表现在研究对象保护港澳台地区及海外华文女性文学的创作。中国女性文学批评从萌发

---

① 陈顺馨. 中国当代文学的叙事与性别·序二[M]. 北京：北京大学出版社，1995：7.
② 乔以钢. 世纪之交中国女性文学研究的新进展[J]. 中国现代文学研究丛书，2005（5）.

到发展，积累了宝贵的经验，对于指导其今后的发展具有深远的意义，并将促进女性主义文学批评向着学科化的进程迈进。

随着中国女性文学、女性主义文学创作与研究的发展，关于女性形象批评的论文与专著逐渐增多，上升到高潮期，并走向开放期，此时的女性形象批评将叙事学与性别批评的运用进一步深化，并对文本进行细化，理论的阐释与文本分析相结合，使中国文学中的女性形象在其变迁中呈现出多元化态势，中国文学中的女性形象不再仅仅限于以往的天使、妖女、贤妻良母、恶女人、坏女人等两极化女性形象，而随着社会进步、全球化经济的发展，消费时代的来临，尤其20世纪90年代以后，女性形象无论是"可见与不可见"[①]的，多呈现出"小女人"[②]的、更具有"女人味"的形象[③]。此阶段的女性形象批评下文将有具体阐述。

第二节 女性形象批评多元化

一、被歪曲与丑化——重读男性作家经典文本中的女性形象

孟悦与戴锦华合著的《浮出历史地表——现代妇女文学研究》中，运用多种方法阐述了文学中的女性形象。该著作的正文开启了中国现代女作家创作历程的大幕，尤其对女性作家笔下的女性形象的探析。

一是古典文学中男性作家笔下的"三类女性形象"。

（1）被"物品化"的女性形象，是男性文人们对女性美的一种描述方式，可谓运用了一种修辞手法，"即将所写女性形象'物品化'，借物象

[①] 孙桂荣. 消费时代的中国女性主义与文学 [M]. 北京：中国社会科学出版社，2010：137.

[②] 孙桂荣. 消费时代的中国女性主义与文学 [M]. 北京：中国社会科学出版社，2010：41.

[③] 孙桂荣. 消费时代的中国女性主义与文学 [M]. 北京：中国社会科学出版社，2010：27.

象喻女性外观"①。被"物品化"的女性被视为客体,可采之、可弃之,无主体性可言,符合男性的欲望权。

(2) "狐妖美女"式女性形象,认为美女既是狐,狐又是美女,"分别叠合于男性心理结构中有关女性的意识与无意识层面",同样迎合了男性的欲望权。作家们无论将美女还是狐妖皆作为客体对象来看待,认同其对男性的从属地位。

(3) 女英雄形象,作者认为杨门女将形象是一大代表,以"阴阳"设计来阐述这一形象,认为女英雄形象是男人的设想,因为她们占据的是封建社会中男人的位置、角色,女英雄形象只是男人建功立业的助君之人,仍处于对男"伏"与"扶"的贱位。

孟悦与戴锦华认为,无论在文学中还是在现实生活中,这三类女性只有两条路可走——花木兰式之路,一是"扶君",披盔带甲,走向战场,请赏封爵;一是回到闺中,着女儿装。

二是现代文学中男性作家笔下的女性形象,主要分为两大类:"祥林嫂系列"与"新女性群"。

孟悦与戴锦华认为,现代文学中的大多数女性形象出自男性作家之笔,并在人们的意识中形成了这一贯性,提到旧中国妇女,必会想到祥林嫂、子君、白毛女等男性作家笔下塑造的女性形象。这些劳苦女性形象的发展过程,揭示了封建社会的罪恶与现实的残酷、黑暗,"'伊们'的性别首先意味着一种载体性"②,以大地之母的形象出现,是慷慨的、博大的、宽容的,能承载一切,代表着辛苦一世的劳苦女性。

新女性形象是精神之女,她们已经进入了一个懂得质疑与残酷现实的成熟期。然而正是这种于连式的精神表征造成了她们的悲剧人生,新女性

---

① 孟悦,戴锦华. 浮出历史地表——现代妇女文学研究·绪论 [M]. 北京:中国人民大学出版社,2004:14.
② 孟悦,戴锦华. 浮出历史地表——现代妇女文学研究·绪论 [M]. 北京:中国人民大学出版社,2004:37.

的悲剧人生某种程度上恰是作家自己亲手埋葬了一个美丽的殉葬品——斑斓的蝴蝶。

孟悦与戴锦华进一步认为，祥林嫂系列女性之死属于肉体之死，而新女性形象之死可谓精神之死，而且是必死。从而，这两种女性形象仍为女性形象的"空洞能指"。女性自身是被抹杀者，同时这一被抹杀的行径又是隐匿的，男性成功地掩盖了自身对女性驾驭与压抑的本质，使其成为一种天经地义的正常化的存在。

此外，孟悦与戴锦华认为，男性拥有自己的话语权，以"妻，与己齐也"为例阐释了妻对男性的"从"与"扶"，认为"妻，与己齐也"中的"己"既是"妻"的自称，又是"妻"与"夫"的共称。"妻"与"夫"在"己"的称谓下构建了一个男性同性的话语同盟，而此时的"妻"已是同为"己"的男性之间谈论的"他"者。女性是否有自己的话语系统，后殖民女性主义者斯皮瓦克曾在论文《属下能说话吗？》中作过阐述，认为被压迫的人是不能说话的，是无法发声的，更不能记录自己的历史，主要揭示了黑人女性和第三世界女性的生存状态。对此，作者认为，女性要自己发声，努力建构自己的话语体系，女作家创作与男性作家创作是不同的。

二、以女性为中心的批评逐渐产生——挖掘女性作家作品中的女性形象

孟悦与戴锦华的《浮出历史地表——现代妇女文学研究》中分析了现代文学中女性作家笔下的女性形象。该著作正文对现代文学中女性作家作品中女性的分析主要分为三大部分：

第一部分（1917—1927），"五四"十年，新文化运动背景下庐隐、冯沅君、冰心、凌淑华笔下的女性世界，如庐隐的"女儿们的世界"，在父亲之门与丈夫之门之间的空隙中抗争的女性，冯沅君与冰心的爱的新女性世界。孟悦与戴锦华认为，凌淑华与庐隐、冰心和冯沅君等著名女作家不同，凌淑华更侧重于描写社会性别角色的女性，如"新式妻子"、太太们

（新女性或知识女性太太与中国式的旧太太）、小姐（旧式少女）、婆婆以及儿媳妇们。孟悦与戴锦华认为，《绣枕》①中的深闺可以作为处于封闭和意识不自足的孤寂处境下旧式女子生活的一个空间隐喻，这一空间中的闺秀们不同于传统的闺秀，独有隐灰暗、无意义与价值的一面。

第二部分（1927—1937），20世纪30年代中走向战场的女作家、走向乡土的女作家及都市中的女作家，代表作家有丁玲、谢冰莹、白薇、萧红、苏雪林等。孟悦与戴锦华认为，这一时期女性作家创作的女性形象具有了性别的觉醒，与第一代女作家相比有所发展，有莎菲式反抗型女性形象，花瓶式、交际花式都市女性形象，对"肉体"有新的认识，敢于面对欲望的存在，对男人产生了质疑，学会了引诱与拒绝男人的种种生存手段。女人在任何一种两性关系中都是男性的"他者""空洞的能指"。

第三部分（1937—1949），主要代表女性作家有苏青、张爱玲，孟悦与戴锦华认为，苏青笔下更多的是"新旧合璧"的女性形象或弱者形象，不论是《浣锦集》②还是《结婚十年》③，对女性生存的直面式书写，加之女性话语的平实化，强化了女性的历史结构力。

"苏青的低语与锐叫构成了20世纪中国文学中的一个奇观，成为'现代文学'中女性文学的一个高音区。"④这是女性盲点处的有力呈现。作者认为，苏青对婚姻的认识不同以往的女性作家，在苏青的世界里，婚姻对于女人来说是"一次空间性的位移"⑤，由父亲的家转移到"夫家"，进入到一个新的、密闭的、森严的空间，以待为夫家延续子嗣，从此，女人成为

---

① 凌叔华.绣枕［M］.张昌华编.南京：江苏文艺出版社，2009.
② 苏青.浣锦集［M］.上海：天地出版社，1944.
③ 苏青.结婚十年［M］.合肥：安徽文艺出版社，2016.
④ 孟悦，戴锦华.浮出历史地表——现代妇女文学研究·绪论［M］.北京：中国人民大学出版社，2004：220.
⑤ 孟悦，戴锦华.浮出历史地表——现代妇女文学研究·绪论［M］.北京：中国人民大学出版社，2004.221.

一个媳妇、一个少奶奶、一个大家族中的一件孕育子嗣的容器。"永远作为一个将包容宝物的容器被人们珍爱,而又永远如同一个用过即弃的容器般地被人无视与遗弃于寂寞之中。"①

孟悦与戴锦华又指出,苏青笔下的女性最终也不免落入男人话语的圈套,女人成为母亲后,一切以孩子为中心,孩子是自己的唯一,为了孩子可以忍受丈夫的背叛、他人的鄙视,强调母亲、母性、母爱是女人唯一职业,苏青对母亲与母性的表白隐匿了文本中父权文化传统对女性压迫的颠覆性锋芒。在《结婚十年》中,"我"婚后及成为母亲后的麻木不是一种无知的、迟钝的,而是一种沉静的冷漠,是一种自我保护,是用一种"退婴式"的冷淡、麻木来忍耐无法改变的又难以逃避的残酷现实,这正揭示了"历史和现实中女性的隐秘经验"②。

孟悦与戴锦华认为,如果苏青的女性世界是空旷的、冰冷的囚牢,那么张爱玲的女性世界则是一个被色彩所窒息的、幽闭的、恐怖的世界,是一个时间已然逝去的国度,一个老旧中国正在死亡的世界。张爱玲的世界是一个关于女人的世界,在这个世界中,女性是美丽的、孱弱的、苍白而绝望的"死亡天使"或"恶魔母亲"。当时的女作家在特定的文化氛围中获得了某种意义上的性别自我意识,在其思维与话语上具有了一定的性别独立性,不做任何意义上的空洞能指或他者,要光明正大的做女人,体现了一种更为积极向上的、对父权制社会的抵抗与解构。虽然,该书的作者也提醒我们不容那么乐观,因为"那种牢狱中的自由毕竟只能随牢狱一同毁灭,新的历史似乎在消灭牢狱的同时消灭了女性这一群体和性别主体"③。

---

① 孟悦,戴锦华. 浮出历史地表——现代妇女文学研究·绪论[M]. 北京:中国人民大学出版社,2004. 222.
② 孟悦,戴锦华. 浮出历史地表——现代妇女文学研究·绪论[M]. 北京:中国人民大学出版社,2004:212.
③ 孟悦,戴锦华. 浮出历史地表——现代妇女文学研究·绪论[M]. 北京:中国人民大学出版社,2004:213.

值得注意的是,该著作的体例既系统地对古典文学中男性作家笔下的女性形象进行了三大类型的划分,又系统地对现代男性作家与女性作家笔下的女性形象作以分析,这比之前有些著作与论文对文学中的女性形象批评零散、个案的涉猎,更具系统性、针对性与全面性。

三、21世纪中国女性形象批评

李玲的《中国现代文学的性别意识》(2002)、梁巧娜的《性别意识与女性形象》(2004),站在女性主义立场,运用叙事学、性别意识、心理精神分析学说等角度与方法切入文本,主要以尊重主体性的差异性寻求主体间性,凸显性别意识,建构对话关系,试图在男女两性之共性与差异性中求多元性的生存与发展,努力建构和谐、健康的关系。"两性必须是互为主客体的存在;同时男女又应是多元并立的主体。"[1]寿静心的《女性文学的革命——中国当代女性主义文学研究》(2007)、徐艳蕊的《当代中国女性主义文学批评二十年》、王琳的《真理缝隙中的生存:当代文学中的女性形象》(2010)、孙桂荣的《消费时代的中国女性主义与文学》(2010)、刘建波的《影壁后的她们:女性主义视角下的先秦两汉文学作品中的女性形象》(2011)等,分别从不同的角度阐述了不同时期女性形象的类型,被塑造及存在的状态以及女性形象的变迁,将叙事学与性别意识进一步深化。

其中,刘建波的《影壁后的她们:女性主义视角下的先秦两汉文学作品中的女性形象》这部著作对古典文学中女性形象进行了挖掘与分析:"四个显著的创新点:首次系统全面地用女性主义的文学批评理论对中国先秦两汉时期的文学作品中的女性形象进行了系统的研究;⋯⋯二是通过对先秦两汉文学作品中女性形象的主体性与社会身份及其权利体系的深入

---

[1] 李玲. 中国现代文学的性别意识·导言[M]. 北京:人民文学出版社, 2002. 2.

研究，揭示了这一时期女性主体地位逐渐丧失的过程；……三是将'双性同体'的概念引入了先秦两汉文学中的'弃妇诗'及'拟女性写作'的创作手法研究中；四是首次提出了'中国古代三代身体消费'的概念，并揭示了其与先秦时期儒道'情色观'的渊源。"[1]在这之前，孟悦与戴锦华合著的《浮出历史地表》对古典文学作品中男性作家笔下的三类女性形象的分析，已开此先河，较系统地概述了古典文学中的女性形象。刘著对古典文学中先秦两汉时期的文学作品中女性形象的进一步研究和深化，有力地弥补了中国文学批评、中国女性主义文学批评对古典文学研究的不足，利于贯通中国古今文学与批评，利于中国文学的发展、中国文学理论的发展及中国女性主义文学批评的发展。还有2001年李新灿的《女性主义观照下的他者世界》一书，分析与阐述了中国古代小说的女性世界，涉及了古代文学中的弃妇、悍妇、出家为尼等多种女性形象。

下面主要分析几部著作：李玲的《中国现代文学的性别意识》、寿静心的《女性文学的革命——中国当代女性主义文学研究》、王琳的《真理缝隙中的生存：当代文学中的女性形象》、孙桂荣的《消费时代的中国女性主义与文学》。

（一）对叙事与性别的进一步认识——《中国现代文学的性别意识》

2002年，李玲的《中国现代文学的性别意识》的上编主要通过对现代经典男性作家作品的分析，反思现代文学中男性叙事中的男权中心意识；下编主要分析了"五四"女性作家"觉醒的青春女性情怀"。正如该书的作者在其导言中所指出的，"性别意识领域一直是中国现代文学现代性最为匮乏的领域"[2]。该著作立足于女性主义的性别文化立场，主要运用了叙事学理论、精神分析批评和主体间性理论等批评方法切入现代文学经典作

---

[1] 刘建波.影壁后的她们：女性主义视角下的先秦两汉文学作品中的女性形象·内容摘要[M].济南：山东大学出版社，2011.2—3.

[2] 李玲.中国现代文学的性别意识·导言[M].北京：人民文学出版社，2002：8.

家的经典作品，如巴金、老舍、曹禺、鲁迅等男性作家，将这些男性作家笔下的女性形象进行类型化分析。认为现代男性作家笔下的女性形象主要分为天使型、恶女型、自主型、落后型[①]，并认为，男性作家笔下的女性形象，不仅仅表达男性对女性的想象、对女性世界的价值判断，也以性别面具的方式隐含地表达了男性作家将自我投射到女性形象中，是男性自我人格的一个侧面展现，又体现了男性作家主体性对女性形象主体性的压抑。

该著作主要从男性创作主体与女性形象的关系，通过男性对女性主体性的消解、恐惧、憎恨、高扬或压抑来分析四类女性形象。李玲指出，美与爱相结合的天使是男性心目中理想的女性形象，是男性视阈对女性的美好想象与期待，是中国现代文学中最富有诗意美的女性形象之一，形象开朗活泼或贞静幽悒，体现了男性对女性主体性的消解，体现了男性作家的男权中心意识。以巴金小说《家》[②]中的梅、曹禺戏剧《雷雨》[③]中的四凤等为代表的天使型女性形象，她们或是开朗活泼或是贞静幽悒，不仅承担着拯救男性、救赎男性的重任，也满足男性作家对女性苦难生活的同情、悲悯与对封建势力的控诉，以及男性作家对自身人格阴柔美在女性形象中的投射，不自觉地认同封建传统文化中奴性的审美意识。而她们的人生信条——奴性化的爱的哲学不过是封建传统文化积淀下的男权中心文化对女性从属性的承继，是女性被消灭主体性的忘我牺牲，是封建的旧酒装进了现代的新酒瓶而已，这些受难的、从属的"女性要么在男作家派定的死亡中充当着男性控诉父权专制、黑暗社会的道具；要么在男作家派定的新生中为男性的拯救指明道路。但不论死亡或者新生，表现的往往都不是女性自我的人生经验、生命愿望，而是男性由反叛而走向自我拯救过程中的愤

---

① 李玲.中国现代文学的性别意识·导言[M].北京：人民文学出版社，2002：8.
② 巴金.家[M].上海：上海文艺出版社，1958.
③ 曹禺.雷雨[M].北京：人民文学出版社，2008.

憾和希望"①。

  李玲指出，现代文学男性叙事中的恶女型女性形象主要以老舍小说《骆驼祥子》②中的虎妞、钱锺书小说《围城》③中的孙柔嘉等为代表，她们因"谋夫、欺夫"背上恶名，她们的"恶"主要归于她们对传统文化中妇德的超越，具有主动性，不肯屈从于夫权及父权。主动型的女性形象被妖魔化，"恶女型女性形象表达的不过是现代男性对女性主体性的恐惧与憎恨"④。李玲认为《骆驼祥子》中的老姑娘虎妞，长着一对虎牙、又属虎，主动爱上祥子，祥子新婚之初，被性所吸引，想靠近虎妞，又满怀恨意地认为性对象虎妞是个可怕的"走兽""老虎"。在此，女人成为吸取男人"精血"的妖怪，成为恶女人。女性的主动、抗争不但未得到男性的同情与帮助，反而受到男人的诬陷与嘲讽，认为是女性对男性主体性的压抑。这实际仍继承了传统男权文化中将女性当作性消费对象及传宗接代的"容器"与工具，压抑了女性的主动性，将女性妖魔化、异化为令男性恐惧的"异物"。表明了男性作家创作未整合进女性视阈，叙事者、隐含作者及隐含读者一齐抹杀了主动型女性的"生命伤痕"，未对传统男权中心文化进行深刻的反思与批判。

  李玲认为，中国现代男性叙事文学中塑造了一系列独立、自主、美丽、性感的正面女性形象，是男性作家在一定程度上运用女性视阈创作，高扬女性意识，彰显女性主体性，如曹禺笔下的繁漪（《雷雨》）、巴金

---

① 李玲.中国现代文学的性别意识[M].北京：人民文学出版社，2002：38.
② 老舍.骆驼祥子[M].北京：人民文学出版社，2005.
③ 钱锺书.围城[M].北京：人民文学出版社，2010.
④ 李玲.中国现代文学的性别意识·导言[M].北京：人民文学出版社，2002：117.

笔下的曾树生(《寒夜》[①])、茅盾笔下的孙舞阳(《动摇》[②])等。这些正面自主型女性敢于与传统男权文化抗争，不屈从于以男性价值标准来束缚自己、安排自己的命运。既是男性作家对女性生命逻辑的理解与关怀，又是男性作家对男权道德的否定、对自我多重的心理夙愿的间接满足，使男性视阈与女性视阈在某种程度上交错而成为"对话关系"。正面自主型女性形象的美丽性感描写是男性作家对女性的欲望诉求与想象，这正是女性形象存在的文化悖论，男性希望女性既是天真的、单纯的又不乏野性与灵动，即"男性心目中良家妇女与娼妓的这一矛盾的女性标准"[③]。如单纯、青春、温柔、粗美的四凤与深沉、成熟、疯狂、热烈、可爱的繁漪契合了男性作家心目中两类理想的女性。女性的美貌与性感仍是男性对女性的美好想象与心理需求，男性对女性的欲望仍左右着男性视阈对女性及其生命价值的尊重与理解。这样有时不免压抑了以女性的视阈来审查自我生命逻辑，被压抑的女性形象往往成为"男性视阈中虚幻的女性镜像"[④]。这一定程度上仍体现了男权中心的立场，而这种蕴含其间的多重话语立场恰恰彰显了男女两性关系之复杂，虽然现代男性叙事文学逐渐凸显性别意识，否定封建礼教与男权道德，尊重女性主体性与生命意识，向前迈了重要的一步，取得了很大的成就，但也体现了男性文学建构中对人性认识之不足。

关于落后型女性形象，作者从"生命的超越性追求"与"女性日常人生"两个方面切入对其进行分析。认为，这种女性形象类型或多或少也体现了男性依靠传统思想文化优势压抑女性的生命逻辑与存在诉求，实质上

[①] 巴金. 寒夜[M]. 北京：人民文学出版社，2005.

[②] 矛盾. 动摇[M]. 北京：开明书店，1950.

[③] 李玲. 中国现代文学的性别意识·导言[M]. 北京：人民文学出版社，2002：76.

[④] 李玲. 中国现代文学的性别意识·导言[M]. 北京：人民文学出版社，2002：90.

也是一种霸道的男权,是男性作家对男权集体无意识的继承与发展。即将女性的日常生活思维、日常人生、生命逻辑与生命的诗意追求、社会事业、革命激情相对立,贬低前者,而高扬后者。中国现代男性叙事文学中即使抬高了女性的日常生活,也是将女性置于"樊篱"中,仍是"空洞能指"的女性形象。

(二)女性形象的变革——《女性文学的革命——中国当代女性主义文学研究》

2007年,寿静心的《女性文学的革命——中国当代女性主义文学研究》中第三章与第六章分别对"母亲形象"与"女性形象的变革"作以分析。

该著作第三章是对"母亲形象"的分析。孟母三迁、岳母刺字,已成为千古佳话,让人不由感慨万千。母亲以慈母的胸怀关爱与牵挂出行在外的孩子,母亲灯下为孩子缝补衣物,盼儿早日归来的无怨无悔的天使形象定位于人们的心中。作为天使的母亲,是家庭中的天使、是丈夫的天使、是孩子的天使。然而,作为女人的母亲,为家庭、丈夫、孩子奉献自己、牺牲自己,要想得到家庭成员、社会的公认与肯定,她必须为别人而活,为丈夫的快乐而快乐,为孩子的幸福而幸福,自己则消失在丈夫与孩子的需要中。这样的母亲才是符合父权制要求的母亲,所以该作者又认为此时的天使母亲是处于高高的"祭坛"上的,即"祭坛上的天使"。进而,作者以张贤亮的《绿化树》[1]、路遥的《人生》[2]、铁凝的《麦秸垛》[3]、王安忆的《小城之恋》[4]等作家作品中的母亲形象为例,阐释了祭坛之天使母亲,指出这些母亲形象自觉或不自觉地传承与接受了父权制文化中的母亲形象。如认为《绿化树》中的女主人公马樱花被赋予了浓重的"母亲"意

---

[1] 张贤亮. 绿化树 [M]. 北京:人民文学出版社,2014.

[2] 路遥. 人生 [M]. 北京:北京十月文艺出版社,2013.

[3] 铁凝. 铁凝文集(5卷本)[M]. 南京:江苏文艺出版社,1996.

[4] 王安忆. 小城之恋 [M]. 长春:时代文艺出版社,2000.

义。"马缨花以自己温顺而又博大的母性力量救赎了男主人章永璘""她爱章永璘，但并不是自私的爱、占有的爱，而是一种母性的爱，带着一种神性的崇高的光辉，包容、理解、奉献、毫无怨言。"①又如铁凝笔下的《麦秸垛》中的大芝娘面对丈夫的背叛，离婚后仍坚持要给他生个孩子，并独自抚养这个孩子，当大芝不幸去世后，又将母爱给予五星和沈小凤这两个孤儿身上。作者认为这正是博大、宽厚、仁慈的母性的体现，的确，作为女人的母亲不管是家庭的天使还是祭坛上的天使，在被讴歌与赞美的同时，其女人的生命追求与夙愿是被压抑与损害的，几千年根深蒂固的传统文化旧思想、旧观念对作家的创作具有一定的影响与约束。但是，作家笔下所创作的母亲这一形象，一方面，的确在赞美女人的善良、纯朴、博爱、伟大；另一方面，有时不仅仅是简单地对父权制文化的认同，更是一种对父权制文化所存在弊端的呈现与控诉，发现问题、指出问题，才能更好地解决问题，这可能是解决问题更好的方式、方法吧！虽然这一路程是艰难的、坎坷的。

同时，作者指出了母亲这一"从天使到恶魔"形象的变迁。以张爱玲笔下的《金锁记》②、池莉笔下的《你是一条河》③、徐坤笔下的《女娲》④等作家作品中的母亲为例，改写了男性作家笔下的母亲形象。该著作认为，《金锁记》中的曹七巧就是一个变态的、歇斯底里的、心理扭曲的母亲形象。曹七巧不仅冷酷地对待儿子，又变态式地横在儿子与儿媳之间，掌控儿子，并将自己的仇恨抛向儿媳，懦弱的儿子只能听任母亲，以至于整个家是冰冷的、充满毒雾与仇恨的。在曹七巧这一母亲形象批评中，不

---

① 寿静心. 女性文学的革命——中国当代女性主义文学研究 [M]. 北京：中国社会科学出版社，2007：144.

② 张爱玲. 倾城之恋 [M]. 北京：北京十月文艺出版社，2012.

③ 池莉. 你是一条河 [M]. 南京：江苏文艺出版社，2006.

④ 徐坤. 女娲 [M]. 石家庄：河北教育出版社，1995.

乏有以弗洛伊德的心理学分析中的恋母情结来阐释曹七巧这一母亲形象。孩子的性格成长主要依赖于母亲的教育，母亲既是男性之间——父子之间争夺的被动的客体，又是传承文化的重要主体。作为母亲的曹七巧对自己的女儿也没有一丝爱，她希望女儿和自己一样生活在死寂的日子里，随着岁月逝去青春，风老残年。女儿所渴望的温暖、无私的母爱只能在梦中追寻，在现实中已被残酷地击碎。"在张爱玲的笔下，变态而又歇斯底里，对子女们进行精神凌驾和情感控制的母亲，既是父权制文化的受害者，又是父权制文化的帮凶，还是子女们的梦魇。"[①]从天使到恶魔，母亲这一符号虽被解构，但仍受制于父权制文化中，母亲——"第二性"的地位仍未改变。

女作家们在对新的母亲形象的追寻中，认为男权话语的单一性，想以语言切入创建女性自己的文学，强调语言在建构母亲身份、母亲形象中的关键性，试图在女性语言中寻找颠覆母亲身份、母亲形象的空间，尽管现存的文化不可能发生彻底的改变，但女性必须用自己的语言说话，自己"发声"。20世纪90年代，女性作家笔下的女性形象既不是完美的、祭坛上的天使，也不是残缺的、地狱中的恶魔，而是普通平凡，与女儿相亲相依的母亲，具有母性女儿与母性姐妹的情谊。作者指出，陈染笔下的《凡墙都是门》体现了母女之间的亲密与融洽的血缘与友谊关系，在女儿眼中，母亲不仅仅是母亲还是朋友、孩子，母女之间有更多的共同语言与爱好。虽然母女之间也有分歧，如"我认为一个家是不断地扔东西建设起来的"，对此，母亲认为女儿是败家子；但对于家务，母女的想法是一样的，是家务越做越多。"总之，我们的生活既和睦又分歧，既激烈冲撞又相依相存。"[②]母亲形象的这一重大变迁，成了母女心连心的链环。在此，

---

① 寿静心.女性文学的革命——中国当代女性主义文学研究［M］.北京：中国社会科学出版社，2007：151.

② 陈染.另一只耳朵的敲击声［M］.北京：作家出版社，2001：5，9.

我们可以意识到，母亲的形象是随着时代的发展而不断变迁的，母亲形象的变迁不仅直接体现了母亲的经历、地位、自己在女儿心中的位置，也直接影响到社会对母亲形象的塑造与建构。母亲形象与母亲身份之间有着重要的相连性，"母亲身份指女性做母亲的经历和社会对女性做母亲的社会建构"，母亲形象是由作为母亲的经历与社会对母亲的建构、解构颠覆、重新建构来实现的。

20世纪70年代，西方女权主义以社会建构理论为基础，以艾德里安·里奇（Adrienne Rich）为代表对母亲身份做了研究。"里奇根据自己做母亲与女儿的经历和对历史的研究，认为母亲身份一方面是对女性影响非常大的人生经历，另一方面，母亲身份又是个父权话语界定和控制女性的社会机制，这两者之间存在许多矛盾，对女性造成很大的压力。母亲身份随时间不断变化，其定义是不断地被重新界定的。"[1]这或许也印证了中国的母亲形象随着时代的发展，由天使到恶魔，到新母亲形象——母性女儿、母性姐妹所发生的蝶变。相信，这种变化是不断前进的、积极的、向上的。

"女性形象的变革"这一章节指出了在"夫为妻纲"的父权制传统文化中，男性作家笔下的女性形象原型主要有"贤妻良母、恶妇淫妇和堕落风尘的才女佳人"[2]。女性作家由于受父权制传统思想的影响，也难逃落入其传统的窠臼。贤妻良母形象体现的是男性对女性的理想要求，希望女性是善良的、温柔的、美丽的、贤惠的、无私的、顺从的，这也就是家庭中的天使形象。作者以曹禺《北京人》[3]、巴金《家》等作家作品为例，认为《北京人》中的愫芳就是一个典型的贤妻良母形象。愫芳善解人意、无私奉献、温柔善良，面对曾家对她的欺凌与刻薄，她不以为意，一直宽容

---

[1] 苏红军，柏棣.西方后学语境中的女权主义［M］.桂林：广西师范大学出版社，2006：225.

[2] 寿静心.女性文学的革命——中国当代女性主义文学研究［M］.北京：中国社会科学出版社，2007：238.

[3] 曹禺.北京人［M］.北京：人民文学出版社，1994.

谅解。面对懦弱无能的曾文清，她不嫌弃、不放弃，将自己所有的爱对其倾注，不图任何回报，以自己的博爱、伟大的宽容、无私的奉献，自塑为"天使"。进而，作者指出，在创作贤妻良母形象的同时，也会塑造一些精明强干、聪明过人的女人，而这类女人往往被归属于恶妇淫妇形象。作者列举了曹雪芹《红楼梦》①中的王熙凤、曹禺《北京人》中的曾思懿等作家作品为例，《红楼梦》中王熙凤精明能干、才智出众、为人处事老练圆滑，能说会道，深得贾母喜爱，被委之重任，事情做得井井有条、周全顺遂。但她的泼辣、强悍的性格不免要得罪一些人，利用管家之便为自己敛财，并且不温柔，容不得丈夫有三妻四妾。贾府败落后，这一"恶妇"也在众人的唾弃声中悲惨地死去。而第三种堕落风尘的才女佳人因种种原因堕入风尘，但在思想上是守身如玉的才女，如才色皆有、千金散尽跳河的杜十娘。

虽然时代发展了，人们的思想意识有所进步，男女平等的思想一直被倡导，但是潜意识中的父权制传统思想仍根深蒂固于人们心中，致使作家创作时有意或无意地根据父权制文化进行创作，不论男作家还是女作家，"难以摆脱温柔善良、娴静贞洁的好女人，泼辣强悍、玩弄男人的坏女人和聪明能干却又温顺的才女模式"②。当然这种影响在20世纪90年代有所变化，女性作家用语言来书写崭新的女性形象。作者列举林白的《回廊之椅》③中的朱凉："一双秋水满盈的眸子，目光里似怨似嗔，若虚若实。"④"其次，用女性之美与现实（男性）世界对比，在对比中完成作家

---

①曹雪芹，高鹗. 红楼梦（校注本）[M]. 张俊，等，注释，龚书铎，等，校勘. 北京：北京师范大学出版社，1987.

②寿静心. 女性文学的革命——中国当代女性主义文学研究 [M]. 北京：中国社会科学出版社，2007：245.

③林白. 回廊之椅 [M]. 广州：花城出版社，2009.

④林白. 子弹穿过苹果 [M]. 石家庄：河北教育出版社，1995：9.

的褒贬。"①并认为女作家之所以张扬女性的美,并不像有的评论家所认为的是一种自恋的心理表征,陶醉于自我的崇拜中,而是女性的自信心的体现与女性对男性之丑陋的揭示。并认为新女性形象更在才貌双全,"郎才女貌"已成为"郎貌女才"。这些女性不仅貌美如花、魅力十足,而且善于思考,深刻精到,对周遭充满了探索的欲望与追求,展现了一个特立独行、"走自己的路,让别人去说吧"的女性形象,揭示了女性意识的真正觉醒。虽然在这一过程中有时难免偏激,彰显了一种不合作的情绪与观念,不利于男女两性的和谐发展。

(三)叙事与女性角色的凸显——《真理缝隙中的生存:当代文学中的女性形象》

2010年,王琳的《真理缝隙中的生存:当代文学中的女性形象》出版,该著作主要运用利奥塔关于"宏大叙事"的表述来梳理女性角色在这一社会历史语境的处境,审视宏大叙事意识形态背景下的女性形象。作者在引言中指出,"本书的基本思路是:从性别的角度重新阅读中国当代文学中的经典作品,研究新中国文学带有特定意识形态内涵和史实背景的几种宏大叙事与妇女解放叙事、女性角色书写之间的关系,从而探讨中国当代文学中女性角色塑造的得与失,以及这些角色对于当代女性反思自身的意义"②。

作者认为,随着社会进步、科学技术的发展,当代文学主要有几个宏大叙事:革命历史叙事、农业合作化叙事、工业现代化叙事、知识分子叙事、改革开放叙事、后革命历史叙事及家族叙事等。而这多种宏大叙事之间有交叉有重合,或与之相关的作品不多,最后主要分析了四大叙事与女性角色书写:革命历史叙事与女性角色书写、农业合作化叙事与女性角色

---

① 寿静心. 女性文学的革命——中国当代女性主义文学研究[M]. 北京:中国社会科学出版社,2007:257.

② 王琳. 真理缝隙中的生存:当代文学中的女性形象·引言[M]. 北京:中国社会科学出版社,2010:8.

书写、知识分子叙事与女性角色书写、后革命历史叙事及家族叙事与女性角色书写。

关于革命历史叙事与女性角色书写，作者分析了革命叙事中的"新女性"形象、地母形象与"另类英雄"形象。以杨沫《青春之歌》①中的林道静为代表，在"引路人+新女性"的叙述模式中，新女性林道静需要凭借爱情与婚姻来实现自己进入社会主流的愿望，以确认自己的身份，即引路人给其身份认同，她们不能主动、不能僭越，需要男性的指引。地母形象作为革命者母亲，以《红旗谱》②中的老祥奶奶、贵他娘，《苦菜花》③中的母亲为代表，这些母亲都处于无名的状态，"一方面反映了她们当时一种真实的生存境遇——在以父权为标记的符号体系中，女性存在是隐匿的。……另一方面，这一代妇女年轻时在娘家是有自己的姓名的，……这一代女性的无名状态是作者有意识彰显的……而且彰显的就是传统妇德的那一部分"④。她们忍辱负重、顺从，以封建传统的妇德——三从四德等来维护家庭，她们没有自己选择的权利和自由。而"另类英雄"女性形象是身体强壮的，能吃苦耐劳，与男人一样斗志昂扬、行走如风的劳动者，这符合并服从了英雄人物塑造的总原则。革命历史叙事中的女性形象虽都是以正面人物出现的，但其女性形象是在宏大叙事的规定下塑造的，没有女性特有的生命力与女性特征，被宏大叙事所压抑与抹杀。"在小说中看到的更多的是女性作为革命者的妻子、恋人、母亲和女儿出现，而不是作为有自主选择权利和能力的主体出现。"⑤

---

① 杨沫. 青春之歌［M］. 北京：中国青年出版社，2004.
② 梁斌. 红旗谱［M］. 北京：中国青年出版社，2004.
③ 冯德英. 苦菜花［M］. 北京：人民文学出版社，1959.
④ 王琳. 真理缝隙中的生存：当代文学中的女性形象［M］. 北京：中国社会科学出版社，2010：121.
⑤ 王琳. 真理缝隙中的生存：当代文学中的女性形象［M］. 北京：中国社会科学出版社，2010：82.

作者在对农业合作化叙事与女性角色书写的分析时，将农业合作化时期文学创作中的女性形象主要分为两大类：作为劳动生力军的"新女性"和拖后腿的中老年落后女性。赵树理开其先河，以《三里湾》中的范灵芝、《李双双小传》[①]中的李双双与《锻炼锻炼》中的"小腿疼""吃不饱"等为代表。作者指出，在这类小说中的女性形象呈现两种状态："其一是未婚未育的女青年，她们没有家庭的拖累，成了小说中不输于男子的强劳力、社会积极分子；而成了家有了孩子的妇女，参加劳动就有很大的困难，她们就成了动员的重点。"[②]前者为未结婚、没有孩子的、积极的新女性，她们没有家庭负担，因"大跃进"时期劳动力的缺乏，为其提供了就业的机会，得以走出家庭，与男性做同样强力，她们由私人空间走向公共空间，在某种程度上得到一定的解放，但是，当社会就业压力大，劳动力饱和时，退出社会，回归家庭的必然是她们——女性，女性处于被动的、被安排的状态。而后者为落后女性群像，她们大部分都有孩子，这些"有孩子的妇女在农业合作化叙事中大都是以落后妇女的形象出现的"[③]，成为"好吃懒做"的被批判的对象，她们不再是家庭的贤妻、内助，而成了懒散的、刁钻的、古怪的"懒婆娘"。作为丈夫的妻子、孩子的母亲、家庭的守护者，赋予这些落后型女性称谓及骂名的是男人、男权文化，她们是被动的，而非主动的。

作者以张贤亮的《灵与肉》[④]《绿化树》《男人的一半是女人》[⑤]、

[①] 李准. 李双双小传［M］. 北京：人民文学出版社，1977.

[②] 王琳. 真理缝隙中的生存：当代文学中的女性形象［M］. 北京：中国社会科学出版社，2010：148.

[③] 王琳. 真理缝隙中的生存：当代文学中的女性形象［M］. 北京：中国社会科学出版社，2010：145.

[④] 张贤亮. 张贤亮精选集［M］. 北京：北京燕山出版社，2009.

[⑤] 张贤亮. 男人的一半是女人［M］. 北京：作家出版社，2009.

路遥的《人生》、贾平凹的《废都》①等为代表，阐述知识分子叙事与女性角色书写。知识分子叙事的女性角色书写有其辉煌期与衰落期，"从20世纪70年代末兴盛的知识分子叙事到80年代后半期即开始出现种种衰落的迹象"②。而知识分子叙事的女性角色书写无论是辉煌期还是衰落期，都是女人作为"与英雄男主角相对应的一极进入了知识分子叙事"③，"女性作为知识分子自我肯定、自我确证、自我欣赏的对应物而存在"④。男主人公或是右派或是下乡，身心处于苦难之中，得到民间女子拯救，"以肉救灵"，体现了男女主人公之间复杂的关系。作者认为这些女性拯救者基本是处于底层的女性，她们是美丽的、痴情的、崇拜有知识的人，而自身是无文化、甚至是愚昧的。现代社会中文明与愚昧的冲突正契合了"知识男主人公＋无知识女主人公"的关系，女性——"愚昧的一方被隐性化了"。⑤

其中，作者以《人生》中的刘巧为例，阐述了辉煌期的知识分子叙事的女性角色书写，刘巧天生一张美丽的脸，有一副好歌喉，但未受到现代教育，缺乏训练，身上带有一点野性，与身材修长、受过教育的文化人高加林形成鲜明对比。刘巧在高加林面前是自卑的，她追逐着文明人的生活，刷牙、讲卫生，像城里人一样打扮自己，然而泥土气息的她只能和泥土联系在一起。而高加林虽然也出自农村，但是他受过现代教育，泥土气

---

① 贾平凹. 废都［M］. 桂林：漓江出版社，2012.

② 王琳. 真理缝隙中的生存：当代文学中的女性形象［M］. 北京：中国社会科学出版社，2010：204.

③ 王琳. 真理缝隙中的生存：当代文学中的女性形象［M］. 北京：中国社会科学出版社，2010：208.

④ 王琳. 真理缝隙中的生存：当代文学中的女性形象［M］. 北京：中国社会科学出版社，2010：236.

⑤ 王琳. 真理缝隙中的生存：当代文学中的女性形象［M］. 北京：中国社会科学出版社，2010：243.

息越来越少。作者认为，像刘巧式的农家女只有美丽的躯体，而没有灵魂与精神，她们是形而下的，与古老的传统文化相联系。这一系列组成了愚昧的阴性背景，原始欲望与丑恶的陋习、未开化的文明等笼罩着知识分子与其对应的女性，构成了男女两性复杂的关系。

　　进而，作者以《废都》为代表，分析了衰落期的知识分子叙事是如何书写其间的女性角色的。作者将《废都》中的女性分为两类，一类是处于都市中有一定社会地位和文化的知识女性，另一类是小城镇中的低文化的或无文化的女性。前者以都市女人——景雪荫、牛月清、慧明为代表，后者以小城镇女人——唐宛、柳月、阿灿为代表。作者认为，"废都"之"废"是"古都之废"，更是"知识分子之废"，知识分子与都市一同颓败、被废弃。作为西京城里知识分子代表的四大名人之一的庄之蝶正走向创作的低谷、人生的颓败，集"身体之废""创作力之废""精神的颓废""颓废中的自恋"为一身。在庄之蝶的世界中，女性要是有了都市背景或稍有学识都会对他造成一定的压抑。而"颓废中的自恋"是其颓废之不彻底之表征，自恋需要寻找一个对象物来寄托自己的需求，即需要一个镜像，这样女人也就进入作品中，成为其自恋之镜像，是一个虚幻之像。唐宛、阿灿通过自己的身体对庄之蝶进行了三次功能性的治疗，作为一个"尤物"的唐宛，用身体治疗了庄之蝶的性无能，唤起了庄之蝶作为男人的生理性功能，并增强了庄之蝶作为男人的自信，进而，"用身体恢复和激发庄之蝶的创作功能"，鼓励庄之蝶发挥艺术的灵感进行创作，此时女性增加了一个功能，即"用身体激发精神"。[①]美丽痴情的阿灿，对文化人庄之蝶是极其崇拜的，认为得到庄之蝶的宠幸是莫大的荣幸，并为了庄之蝶的名声与前程，自毁其容，消失于庄之蝶的世界。作者指出，阿灿的出现、毁容、消失，不仅为庄之蝶的魅力增加了砝码，更重要的功能是阿

---

① 王琳.真理缝隙中的生存：当代文学中的女性形象[M].北京：中国社会科学出版社，2010：241.

灿为庄之蝶留了后。而以身体为庄之蝶治疗的柳月,与庄之蝶可谓主人和丫环的关系,最后被庄之蝶作为处理人际关系的工具嫁给了市长的瘸腿儿子。庄之蝶与众女之间的关系:当妻、当母、当女、当妓。这些女人满足了男人婚姻之外对性的要求,揭示了男性对女性的欲望及其投射在女性身上的自我镜像,即满足自己的欲望需求,或是肉体的或是精神的。

作者通过四大宏大叙事下的女性角色书写,归结出女性形象及其特征,作者进一步指出,"宏大叙事将不合时宜的事物阴性化"[1],女人被置于阴性地位,并在"文明与愚昧"中,被置于"愚昧"的一方,宏大叙事体现了对女性的压抑与排除。女性处于阴性的、边缘的、客体的、被压抑的位置,只是男性泄欲的工具、传宗接代的"容器",是男性的"他者",永远是男权文化的牺牲品,男性的附庸与依附。对此,作者倡导从女性自己的身体出发感受,创建自己的话语系统,将女性融入历史,个体女性的历史间又可以相互融合,关联性中建构女性的小叙事。这是否就是20世纪90年代所倡导的"身体写作",具体应该怎样实施,会不会走向偏颇,这些都需要我们思考,任重道远,需要我们不断探寻。

(四)消费时代下的"可见与不可见"——《消费时代的中国女性主义与文学》

20世纪90年代以来,西方女性主义经历了三大重要转变[2]:一是"女性主义从启蒙主义的宏大叙事中走了出来";二是"从追求男女平等转向强调妇女之间的差异";三是从对事物的研究转向对语言、文化和话语的研究。消费时代之前,文学作品中的女性形象是美丽的、温柔的,或作为"香草美人",是男性作家自我心灵寄托的"镜像",是男人对女人美

---

[1] 王琳.真理缝隙中的生存:当代文学中的女性形象[M].北京:中国社会科学出版社,2010.290.

[2] 苏红军.成熟的困惑:评20世纪末期西方女权主义理论上的三个重要转变[M]//苏红军,柏棣.西方后学语境中的女权主义.桂林:广西师范大学出版社,2006:3—40.

貌、性感的占有、渴望与想象；或违背男权文化而被男性妖魔化，成为淫女或妖女。作者指出，遭遇消费时代的中国女性主义"在女性生存现实与女性文化表述、女性自我价值定位之间却出现了明显的话语修辞现象"[①]。

该著作分析了20世纪90年代以来中国女性作家笔下的女性形象，并指出，中国各阶层的女性在女性小说中处于"可见"或"不可见"两种形态，主要有四种女性形象被呈现或遮蔽：底层女性形象、知识女性形象、白领女性形象和"另类新人"形象。底层女性具有"不可见"的现实性问题，她们都处于边缘化，她们是"被遮蔽和消弭的"，而"可见"的知识女性的话语又是"偏斜"的，"可见"的都市白领又异常地大放光彩，"可见"的"另类新人"风靡文坛。作者指出，受过教育、有"体面"职业、经济独立的都市知识女性虽然是一个"可见"的女性群体，"却并不等于说知识女性生命情态的各个方面都得到了均衡的表现"。文学创作中出现了一个新阶层的代表——"白领"，她们"异常光鲜地闪亮登场了"，与知识女性相比，白领女性更具女性魅力。进而，作者对白领女性身上光环的形成及她们的真实状况作了进一步分析，并指出，纯粹的白领在现代社会强烈的竞争压力下是一个非常疲惫的阶层，只是这一阶层符合了消费时代的女性对现代化的普遍崇尚、广泛认同而已，或成为女性自我身份的一种"幻想式表达"或自身的"理想"或"奋斗目标"。消费时代的女性作家笔下的女性形象不仅更符合男权文化规约的合法性，也与现实社会中自立、自强、自尊、自爱的当代女性存在一定的差距。

纵观中国女性主义文学批评文本中的"女性形象批评"可知，中国女性形象批评随女性形象及其时代话语的变迁经历了一个萌芽与诞生期、发展与高潮期、深化与开放期的发生发展历程，呈现出多元化与多样性的、更系统与更全面的批评态势。

---

①孙桂荣. 消费时代的中国女性主义与文学［M］. 北京：中国社会科学出版社，2010：29—30.

第三节　女性形象批评的反思

中国的女性形象批评自20世纪80年代中后期以来，以"女性形象"为切入点研究的著作与论文逐渐攀升。女性形象批评走向多元化，即女性形象批评对象的多元化、批评视角与方法的多样化、关注群体的领域不断扩大，等等。但众"多"的同时，我们也应该意识到中国的女性形象批评存在的问题与不足。

一、女性形象批评的多元化

1. 女性形象批评对象的多元化

女性形象由一个个空白走向点、走向面，女性形象逐渐丰厚、多彩，相关批评的对象也逐渐盛行，成多样化的形态，如对天使与妖魔形象的对比批评、知识女性形象的批评、女强人形象的批评、都市白领女性形象的批评、"另类"女性形象的批评等，不仅对其进行类型化的分析，还有对某一具体类型进行分析与评论的专著及论文，如1990年陈思和主编的《文学中的妓女形象》，虽然是一本文论集，但对妓女形象这一类型的分析与批评，可以窥探出这一形象之于社会历史中女性生存的境遇及其呈现的重大意义。

还有对特定题材下女性形象的剖析。如雷霖的《现代战争叙事中的女性形象（1894—1949）》，是目前笔者所看到的唯一一部以性别视角切入，在文学领域剖析战争与女人关系的女性形象的著作。虽然性别逐渐成为女性文化文学、女性主义文学批评越来越重要的批判视角与方法，已不是最新颖与独特的，但以性别视角来剖析战争题材中的女性形象，可谓比较有新意。从古至今，人类的社会历史经历了连绵不断的战争，这是一个客观存在的事实，战争中，男性往往冲锋陷阵，是战争的主角，而女性往往成为被塑造者、被伤害与被凌辱者，战争与女性有着亲密的关系。李小江曾指出："战争是残酷的，女人总是战争的受害者；但战争却可能成为参战妇女走出传统性别角色和性别屏蔽打通道路（二次世界大战欧洲妇女的广泛就业和中国妇女解放道路都证明了这一点）。"[①]该著作以性别视角为切入点，"力图在女性主义、民族主义和民主主义的理论视界内，全面梳理1894—1949期间战争叙事中的女性形象，……从而揭示战争、民族、文化等因素如何制约了女性生存，这种制约又以怎样的方式参与了战后文化的建构，以此开辟反思现代妇女运动的另外途径"[②]。以战争题材中的女性形象为中心，分析战争叙事文体中不同的女性形象，以及形成这些联系与区别的因缘：现代战争叙事中的"危机女性"、现代战争叙事中的"非一女性"、现代战争叙事中的"边缘女性"，以及对现代战争叙事中这三大类型女性形象的特征、身份归属及其效应进行解析，并对战争体制的结构和性别问题进行反思。"边缘女性"在本文中是指远离民族主义的女性，其社会化程度低，其为"家庭女性"的角色最明显。[③]

与此同时，对女性形象的剖析，不仅仅局限于对男性作家笔下的女性形象的分析与批评，也关注女性作家笔下的女性形象，考察女性作家创作中对中国传统男权文化的不自觉或潜意识的服从与内化，尤其对20世纪90年代女性作家创作的女性形象进行分析与批评，如孙桂荣的《消费时代的中国女性主义与文学》。再者，不仅仅局限于对现当代文学作品中女性形象的批评，也逐渐对古典文学作品中的女性形象有所关注，尤其在最近二十几年，如2000年邓红梅的《女性词史》[④]，主要以文学史的角度、社会历史方法，分析从唐五代到清代女性词人及其作品，意在对这一时期女词人及作品进行梳理。时隔多年，刘建波的《影壁后的她们：女性主义

[①] 李小江. 让女人自己说话：亲历战争 [M]. 北京：三联书店，2003.
[②] 雷霖. 现代战争叙事中的女性形象（1894—1949）·结语 [M]. 长沙：湖南人民出版社，2016：253.
[③] 雷霖. 现代战争叙事中的女性形象（1894—1949）·结语 [M]. 长沙：湖南人民出版社，2016：254—255.
[④] 邓红梅. 女性词史 [M]. 济南：山东教育出版社，2000.

视角下的先秦两汉文学作品中的女性形象》（2011），以先秦时期为时间界限，对先秦两汉文学作品中的女性形象作以分析，极大弥补了中国古典文学中以女性主义的视角来进行女性形象批评之缺失。近几年，林苗苗的《一点香销万点情：中国古典文学中的女性形象研究》与魏颖的《性别视角中女性形象与文化语境》相继出版。前者重在以社会历史分析的方法分析了元、明、清时期戏曲与小说中的女性形象；后者意在以性别视角切入，分别从唐宋传奇中的女性形象、明清叙事中的女性形象、现代小说中的女性形象和当代镜像中的女性形象，来剖析其生命意识、命运悲歌、身份认同与现代性体验。

2016年，林苗苗的《一点香销万点情：中国古典文学中的女性形象研究》，主要对元、明、清时期戏曲与小说中女性形象的研究，重在分析各时期主要文体中女性形象的具体特征，如元代文学中含冤受屈的女性、逆来顺受的女性、勇于反抗的女性形象；明代文学中"沉鱼落雁鸟惊喧"的杜丽娘及其与崔莺莺的比较，"贪恋红尘，纵欲过度"的"潘金莲"和"李瓶儿"；或清代文学中的"三千粉黛总甘让"的杨玉环和这一时期的"闺秀女性""青楼女性"以及《聊斋志异》里的纯真女性。"在我国封建社会里，女性始终处于被奴役的地位，闺训和三从四德的伦理观念几乎剥夺了女性的全部自由，她们的生活是封闭性的，在这种社会背景下，女性的自我意识趋于泯灭，可是在人类社会里，人们渴望自由幸福的天性是无法扑灭的。"[①]该著作向我们展现了元、明、清时期戏曲和小说中女性形象的生存方式、生命历程，基本都以悲剧开启，又以悲剧结束，其间有"命运悲剧""政治悲剧"和"爱情悲剧"，可谓可歌可泣。在女性形象梳理中，基本以传统的社会历史分析方法来阐释，似乎在勾勒其女性形象时有些单调。

[①] 林苗苗. 一点香销万点情：中国古典文学中的女性形象研究·前言[M]. 北京：现代出版社，2016：8.

2017年，魏颖的《性别视角中女性形象与文化语境》出版，该著作立足于本土的社会历史文化语境，结合西方理论，强调对文本进行细读，给予诗性观照，对中国叙事作品中的女性形象进行梳理，注重揭示文本背后的权力文化关系，通过细读，对其语义和女性形象进行审美分析，挖掘性别意识从传统到现代、当代的演变，将文学审美与文化批评有机结合。该著作的时间由古贯穿到现当代文学中的女性形象分析。由传奇、叙事到小说，这是否正吻合了小说这一文体的萌芽、发展与成熟。只是不知道为什么没有近代的参见。"本书主体部分的研究是对中国叙事文学作品进行症候式阅读，选择以《莺莺传》《霍小玉传》《谭意哥记》《桃花扇》《红楼梦》等为代表的古代叙事文学；以丁玲、张爱玲、萧红等为代表创作的现代小说；以陈染、徐小斌、残雪、铁凝、安妮宝贝等为代表创作的当代小说进行个案研究，以点带面，达到对性别意识从传统到现代演变的总体把握。"①

2. 女性形象批评视阈或角度、方法的变迁与多元

不再局限于社会历史分析的方法，逐渐采用多种批评方法切入文本，对文本进行细化分析，更加注重理论与实践的结合，将西方女性形象批评方法结合中国本土文化、文学，对中国文学文本进行分析，如运用叙事学、心理精神分析学说、符号学、结构主义、生态主义、性别诗学等批评方法分析、细化文本。指出其文本中存在的女性形象被扭曲的现象，抨击了其蕴含的男权意识与男权文化传统。

性别，是女性主义文学文化批评的一个重要视角和有力的切入点，西方女性主义文论正是以其鲜明的性别立场而引人注目，认为只有更加突出男女之别，才能更有力度地揭示男权中心文化，透视女性的从属地位。

1995年，陈顺馨的《中国当代文学的叙事与性别》，首次以叙事学与性别批评来阐释当代文学中的女性形象，为之后的女性主义文学批评及女

---

① 魏颖.性别视角中的女性形象与文化语境·绪论[M].北京：中国社会科学出版社，2017：12.

性形象批评提供了宝贵经验，给予极大的启发，如2010年王琳的《真理缝隙中的生存：当代文学中的女性形象》，就是从性别的角度重读中国当代文学中的经典作品，尤其是男性作家笔下的女性形象，分析了四大宏观叙事下对女性角色的书写，即革命历史叙事、农业合作化叙事、知识分子叙事、后革命历史叙事及家族叙事与女性角色书写，对叙事学与性别意识、理论作了进一步的深化。越来越偏重于以性别意识、性别理论切入文本，注重性别的差异，在叙事中以性别意识展开对女性形象的分析与批评；女性形象批评的目的是改变女性的从属地位，突围男性对女性的"镜像"之城。这不仅仅是单纯地对男性批评，更是对男权传统文化的批评，同时也关注女性自身的不足，倡导和谐两性的关系。

又如，2012年，刘莉的《玫瑰门中的中国女人——铁凝与当代作家的身份认同》（以下简称《玫瑰门中的中国女人》）和2017年魏颖的《性别视角中的女性形象与文化语境》等。《玫瑰门中的中国女人》"拟借鉴西方女性主义的性别视角及相关理论，并立足于中国的具体国情，从纠结着主体和权力的身份认同入手，把铁凝作为具体个案，研究当代女作家的身份认同问题，进而探讨女性写作的发展、特质及其面临的诸多困难和矛盾"[1]。该著作以中国作协主席、著名作家铁凝为个案，从1975年到2002年，总体性地把握了铁凝二十多年的写作历程与创作文化语境的密切联系，探讨铁凝小说中的女性身份认同轨迹与她自身的现实轨迹，"这主要是因为作家的写作总会受到她所身处于其中的特定文化语境及其个人生活投影的影响"[2]。主要进行三部分的分析：一是铁凝早期（1975—1985）具有"女儿"身份——"拒绝成长的少女"的文本，如香雪，此时的文风是清爽、明丽、单纯的。在作者看来，铁凝早期的创作从女性主义文学及批

---

[1] 刘莉. 玫瑰门中的中国女人——铁凝与当代女性作家的性别认同·引言[M]. 北京：北京师范大学出版社，2012：18.

[2] 刘莉. 玫瑰门中的中国女人——铁凝与当代女性作家的性别认同[M]. 北京：北京师范大学出版社，2012：24.

评的角度看，还够不成"女性写作"，"在铁凝创作初始的10年间，尽管作品中有大量的女性形象，有些甚至还很光彩照人，但文本中很少有作者的女性意识和女性立场，女性形象演化成铁凝用来表达主流意识形态的一具空壳"①。二是作者认为铁凝于1986—1992年创作的作品中的女性形象已开启对男权文化的批判——"身份的认同与逃离"，而铁凝的长篇小说《玫瑰门》②正是女性性别身份认同与逃离的转折点，通过对《玫瑰门》的文本细读，阐释女性的自我意识的建立、男性观念的内在化、历史的再生产与女人的再生产以及女性对玫瑰门的穿越。三代女人的命运中交织着清醒、迷惘、绝望与逃离，"从根本上说，铁凝的矛盾正是对建构女性身份主体性的困惑"③。对男权文化的反抗和抛弃不能挽救女性的迷茫，女性应以自己独特的女性经验、独特的魅力去反抗。20世纪90年代的女性创作，女作家也同样面临这种认同与逃离的困惑，只有建构自己的女性身份，才能逐渐摆脱男权文化的侵蚀。三是铁凝于1993—2002年的创作——"建构中的女性"，就是性别身份不断认同的过程及其表现的特征。包括作者第四部分将铁凝与张洁、陈染的创作进行横向比较研究，同样是在进行"性别身份认同的慢慢之旅"。该著作注重从个案作家的创作历程，以文本细读的方式，结合西方理论中的性别理论、身份认同等更具体、更深入的问题，阐述中国当代女性作家的性别认同，由点到线、到面，更深层地挖掘女性主义文学文化批评。

2013年，王明丽的《生态女性主义与现代中国文学女性形象》从文化视野运用生态视角和女性视角作为切入点，结合生态美学、社会学、西方马克思主义批评、比较文学形象学、性别诗学等，对生态女性主义视阈下

---

① 刘莉. 玫瑰门中的中国女人——铁凝与当代女性作家的性别认同[M]. 北京：北京师范大学出版社，2012：44.
② 铁凝. 玫瑰门[M]. 北京：作家出版社，2009.
③ 刘莉. 玫瑰门中的中国女人——铁凝与当代女性作家的性别认同[M]. 北京：北京师范大学出版社，2012：92.

的现代中国文学女性形象的嬗变进行梳理与研究：（1）"黄昏意识"和"黑夜意识"哺育的"黄绣球"：立在地球的女性健者；（2）寻找家园的真女性；（3）护佑家园的善女性；（4）两性情欲中的爱与美女性。[①]

3. 女性形象批评对女性境遇的关注程度与范围有所增强和扩展

对女性境遇的关注意识越来越强，不仅仅关注女性的基本生存问题，更关注女性作为人的存在，作为一个主体存在的现实问题，由一个女性意识的苏醒到一个女性主体意识的觉醒的发展历程，强调女性主体性的建构；关注的群体越来越广，不仅仅关注知识女性等相对来说受过教育的、有一定体面工作的、处于社会上层的女性形象等，也关注相对来说处于弱势的底层女性形象。无论从作家的角度还是从评论者的角度来说，虽然对底层女性形象的关注不够，但近年来也陆续出版了有关乡村女性形象、打工妹女性形象的书籍。有的是对一个时期内的女性形象分析，如李彦文的《在共同体与社会之间——20世纪90年代中期以来的乡村女性形象》[②]，主要对20世纪90年代以来的乡村女性形象解析。又如地域性文学中的女性形象研究，如于宏、胡沛萍的《当代藏族小说中的女性形象研究》[③]。

二、女性形象批评存在的不足

虽然中国的女性形象批评从20世纪80年代中后期到现在已有长足发展，尤其是20世纪90年代之后，女性形象批评试图运用多种理论与方法，多种视角切入文本细读，理论与文本相结合，呈现了繁花似锦之势，与以往的女性形象批评相比，对理论的运用越来越娴熟，对文本中女性形象的分析越来越透彻。但仍有不足之处，应引起我们的重视。

---

① 王明丽. 生态女性主义与现代中国文学女性形象［M］. 北京：中国书籍出版社，2013.
② 2014年10月由南开大学出版社出版。
③ 2017年由四川大学出版社出版。

一是中国的女性形象批评对底层女性形象的关注不够。

虽然对现代文学中男性作家笔下的底层女性形象，尤其是农村女性形象有所研究，如对赵树理笔下的女性形象和鲁迅笔下的女性形象的分析与研究，但评论家更多关注的是都市女性形象、知识女性形象、白领女性形象等，这易于使上层的女性形象遮蔽了底层女性形象，造成了底层女性被代言、被隐匿的遭遇，女性实际的生活现状与境遇无法被真实地再现，当然，文学艺术并非直接照搬生活，但是艺术又源于生活，作家创作更多的是对生活的关照，反省人生、世界之存在的价值与意义，而人为其中心，是其运作的主角，本应是女人与男人共同拥有与构建这个世界的意义，但男权中心下的女性只能是"空洞的能指"，被设于边缘的位置，而底层女性往往又被上层女性所遮蔽，处于边缘之边缘。

二是对古典文学、近代文学中的女性形象研究不足。

中国的女性形象批评反映了批评与创作的脱节。"很久以前，人们就开始抱怨文学批评的缺席。20世纪90年代开始，众多批评家纷纷撤出文学前沿，另谋出路。……换句话说，批评不再介入文学的'现在进行时'，指点江山，臧否人物，并且承担责任。批评抛下了文学享清福去了。"[①]

女性形象批评更多的关注现当代文学中的女性形象，虽然有部分著作涉及古典文学中的女性形象批评，也有专著针对古典文学中的女性形象进行分析。如前文提到的《影壁后的她们：女性主义视角下的先秦两汉文学作品中的女性形象》，是对先秦两汉时期文学作品中的女性形象的剖析；还有周乐诗的博士毕业论文《清末小说中的女性想象（1902—1911）》，是对清末小说尤其新小说中的新女性形象进行了阐述。但是，中国近三十年的女性形象批评对古典及近代文学中的女性形象的阐释相较于现当代文学中的女性形象分析还是不多。

三是缺乏"女性形象"整体及其嬗变的研究与批评。

[①] 南帆. 批评抛下文学享清福去了[N]. 中华读书报, 2003-3-12.

中国的女性形象批评缺乏对"女性形象"作整体及其嬗变的研究与批评。"还没有出现20世纪中国文学女性形象的整体嬗变研究。正因为这样，在文学文本和社会本文构架的有机互动中，建立女性形象系谱，使女性形象研究成为一份跨学科的学术工作，才有可能消弭女权／女性主义文学批评的理论与其现实接受语境间的话语缝隙，彰显女权／女性主义文学批评的意识形态色彩与审美认知的多元共融。"①

总之，我国的女性形象批评更多的是经验式的文本批评，而非面向社会的批评。与西方女性形象批评相比更缓和一些，没那么多的火药味。西方女性主义理论之所以可以进入中国，并在中国产生重大反响和重要的意义，只因中西方文化、文学有其相通性，即相通的长期受压抑的女性经验。与西方的女性形象批评意义不同，中国的女性形象批评的意指在于指向读者，通过改变读者的阅读视阈，将性别设置其中。文本的意义不仅仅限于将作家的创作赋予文本中，而应由读者赋予其新的意义，且具有多元化、多视角，读者阅读更多的意义在于对文本的再创作与意义的再阐发，女性主义文学批评力图将读者塑造为具有女性意识的读者。

---

① 王明丽. 1980年代以来女权／女性主义文学批评中的女性形象 [J]. 齐鲁学刊, 2008（2）.

第二章 性别意识渐觉式的女性写作批评

第一节 女性写作批评的生成

一、西方女性写作批评的启发与影响

美国女权主义批评家伊莱恩·肖瓦尔特在其重要论文《走向女权主义诗学》中指出，女权主义批评可以分为两大类："第一类关涉的是作为读者的妇女，即作为男人创造的文学作品的消费者。这一方法中含有的女性读者的这一假设，改变了我们对一个给定文本的理解，提醒我们去领会它的性符码的意味。"[①]肖瓦尔特把这种批评的方法称作"女权批评"。这种批评方法在于重新审视与评估男性作家笔下被歪曲与被忽视的女性形象。而"第二类女权主义文学批评关涉到作为作者的妇女，'即研究作为生产者的妇女'"[②]。第一种以"写妇女"的女性读者为中心的"女权批评"，以新视角阅读男性作家笔下的作品，主要是对男性的批评，不能更多地了解女性的真实感受。而第二种"作为作者的妇女"是一种"女性批评"，才是女权主义文学批评的重之所在。

20世纪80年代，随着西方女性主义文学理论在中国的传入，中西文化、文学的碰撞与融合，要发展中国的女性主义文学理论，应立足于本国的国

---

① 周宪，等，译. 当代西方艺术文化学[M]. 北京：北京大学出版社，1988：345.
② 周宪，等，译. 当代西方艺术文化学[M]. 北京：北京大学出版社，1988：345.

情和文学的现实，结合西方文论，发展自己的女性主义文学批评与理论。这一理论的传入，很快在中国被应用到文学批评领域。"一些敏锐的女性意识到自己长期的'无我'状态，她们不但批判男性文学对她们形象的歪曲，而且开始以写作表达自己独特的对社会、对人生、对自我的体察与体验。"[1]这也是本著作主要对女性形象批评与女性写作批评进行梳理与阐述的重要原因，意在凸显"写女性"与"女性写"。

西方的女性主义文学批评从20世纪60年代以来，经历了男权文化对女性形象歪曲的揭露与批判，到以女性的独特视角解读经典作品，再到多元化的文化研究，深入到"性别诗学"的研究。"随着女性主义批评的进展，女性主义者开始毫无批判地接受语言的作法感到怀疑。……现代语言学和心理分析学告诉我们：从深层意义上说，不是我们操纵语言，而是语言操纵我们；'女人'是写作的结果，而不是写作的源泉。"[2]注重对语言的象征系统的质疑，并试图给予改造。"妇女必须参加写作，必须写自己，必须写妇女。就如同被驱离她们自己的身体那样，妇女一直被暴虐地驱逐出写作领域，这是由于同样的原因，依据同样的法律，出于同样致命的目的。妇女必须把自己写进本文——就像通过自己的奋斗嵌入世界和历史一样。"[3]西苏指出了在父权制下妇女写自己、妇女写作的必要性。而"女性写作"观点最早见于张京媛主编的《当代女性主义文学批评》（1992）一书的前言中。

二、中国文化蕴生女性写作批评

两性关系是人类诸多关系中最基本、最悠久的关系，它贯穿于人类历

---

[1] 张岩冰. 女权主义文论 [M]. 济南：山东教育出版社，1998：192.

[2] 张京媛. 当代女性主义文学批评·前言 [C]. 北京：北京大学出版社，1992：8.

[3] 张京媛. 当代女性主义文学批评 [C]. 北京：北京大学出版社，1992：188.

史的整个过程,相伴始终。"有天地,然后有万物;有万物,然后有男女;有男女,然后有夫妇;有夫妇,然后有父子;有父子,然后有君臣;有君臣,然后有上下;有上下,然后有礼义有所错。夫妇之道不可以不久也,故受之以恒。"①"教以人伦:父子有亲,君臣有义,夫妇有别,长幼有序,朋友有信。"②两性关系的产生之初,男女两性是相互平等、相互需要的自然的关系,是人类文明进步的一个重要标志。

然而,历史的发展违背了这一基本的自然的和谐关系。自父权制社会以来,家内,夫唱妇随,妇为夫的从属;国内,君臣上下有所尊卑。父权制严格遵守着社会人伦秩序,人类走向了男女性别统治与性别依附的发展方向。"妻与己齐"、妻与夫齐,男主外,女主内,家是女人的全部,女人的欢乐与悲哀源于家庭而又遮蔽于家,她的全部角色都属于家,扮演着女儿、妻子、母亲、儿媳等角色,努力成为孝顺女儿、贤妻良母与孝顺儿媳,而非作为一位女性存在。家国礼义尊卑的父权体系是女性唯一的规范,可以说,家的秩序是严格的男性秩序与女人的规范属地。妇女,在父家,从父、从兄;在夫家,从夫、从子。女性一直是父权制下的"他者",最后亦成为自己的"他者",成为"第二性",处于被多重抹杀的境遇。如果从鲜活的生命体验、女性意识来说,作为"盲点"的女性既无历史也无生命!她只是审美的对象、欲望的对象,是男性想象的理想的载体,是除了她自己之外的他者。

1911年辛亥革命推翻了封建王朝,1916年,陈独秀在《新青年》上发文呼吁女性应争取独立的人格,不做男性的附属品:"自居征服地位,全体人类中,男人,征服者也,女子,被征服者也。……夫为妻纲,则妻于夫为附属品,而无独立自立之人格矣。……自负为1916年之男女青年,其

---

① 周易[M]. 上海:上海古籍出版社,1987:73.
② 语出《孟子·滕文公上》。

各奋斗以脱离此附属品之地位,以恢复独立自主之人格。"①随后,《新青年》等刊物刊发了一些介绍西方女权运动的相关文章,社会上展开了家庭、婚姻、爱情与事业等问题的讨论。针对"娜拉"的出路:堕落还是回归家庭,这一永无答案的问题,形成了一股"娜拉热"。"娜拉所代表的与其说是一个冲出西洋核心家庭、夫权中心制度的'女人'还不如说是一个从中国传统大家庭、家长中心制度里被解放出来的'人'。由于中国读者/观众将自身困境投射到剧作之上,他们对易卜生作品的接收与接受遂从原著所强调的性别问题重心转移至社会问题之上了。"②可以说,"娜拉问题"的重心已偏离了妇女解放的初衷,此时,妇女问题又再次被悬置,以私密的方式被转换。

新文化运动掀起了民主、自由、平等新思潮,对人的发现的同时也注意到对女人的发现,在这一幽暗的缝隙中,被普遍认可的"带有群体性的女性意识的觉醒反映在"五四"以后的女作家的作品中"③。这些女作家以文学为载体,向压抑女性、损害女性、侮辱女性的封建礼教、陈规陋习进行了挑战与反抗,表达了群体女性的反抗意识与对自我的发现与寻找。"五四那个颠覆封建礼教秩序的时代,是真正意义上的中国'女性'的诞生期。激烈反传统的新文化养育了一代人。'人道主义''个性解放'的大旗吸引着一大批女儿勇敢地走出了家庭,背叛角色,争取自由。"④虽然她们对妇女解放的了解还不是那么透彻,还停留在浅层次的认识,但她们

---

① 林树明.女性主义文学批评在中国[M].贵阳:贵州人民出版社,1995:267—268.

② 简瑛瑛.叛逆女性的绝叫:从《傀儡家庭》到《莎菲女士日记》[J]//林树明.女性主义文学批评在中国.贵阳:贵州人民出版社,1995:268.

③ 林树明.女性主义文学批评在中国[M].贵阳:贵州人民出版社,1995:269.

④ 孟悦,戴锦华.浮出历史地表——现代妇女文学研究[M].北京:中国人民大学出版社,2004:27.

触及了女性群体的一些特有的体验。"实际上,女性所能书写的并不是另外一种历史,而是一切已然成文的历史的无意识,是一切统治结构为了证明自身的天经地义、完美无缺而必须压抑、藏匿、掩盖和抹杀的东西。"[①]而这种遮蔽与抹杀往往是双重的:女性自身的被遮蔽、抹杀与这种被遮蔽、抹杀本身的被遮蔽、抹杀。

即使到1949年新中国成立,妇女地位发生了翻天覆地的变化,"女作家、艺术家仍不断涌现,并多占有中心及主流的文化地位,但'女人的故事'却在书写与接受的意义上,成了一片渐去渐远的'雾中风景'"[②]。女性在政治、经济、法律上的某种解放,是以女性的话语丧失与文化的压抑为代价的。但是,我们不能全面否定当时妇女解放的实际状况,女性从家庭走进社会,从家庭妇女转变为社会的生产者,具有独立的经济实力,确实某种程度上提高了女性的地位并让女性自身有了自豪感。"妇女解放有妇女被国家组织运动、工具性的一面,但同时也有确立妇女主体性的一面。"[③]

20世纪80年代以来,中国政治、经济、文化等方面都发生了重大的变化,女作家大量涌现、队伍在不断扩大,女作家创作出现了多代重生、多样化的局面。女性文学出现了繁荣与高潮期。女性写作经历了"浮出历史地表之前"[④]"浮出历史地表",再到"女性写作"命名的出现的漫长历史,并"从政治化、情绪化向学术化、理性化的转变,是前女性主义向后女性主义转变的主要标志,'她世纪'的中国女性主义也经历了这样的转

[①] 孟悦,戴锦华.浮出历史地表——现代妇女文学研究·绪论[M].北京:中国人民大学出版社,2004:4.

[②] 戴锦华.涉渡之舟:新时期中国女性写作与女性文化·绪论[M].北京:北京大学出版社,2007:2-4.

[③] 贺邵俊.性别差异了吗?——关于女性文学研究的随想·视点[J].文艺争鸣,2017(12):2.

[④] 张莉.浮出历史地表之前:中国现代女性写作的发生[M].天津:南开大学出版社,2010.

变。在女性文学创作领域，'她世纪'的中国女性写作从性别对峙走向多元化书写"①。

"女性写作"这一概念越来越受到重视和认可，对其评说也是众说纷纭，莫衷一是，存在一定的争议与不规范。也许不急于界定也不是件坏事。正如戴锦华曾提出："我自己不赞同急于去规范、界定女性文学的内涵、范畴、特征，或申明它的定义。急于确认何为女性文学，或许会再次框死女性文学所展示的巨大的可能性。"②笔者认为，同理可以运用于女性写作，过于界定与规范的确会使女性写作走向狭境，无法展示女性写作深广的内涵。正如徐坤虽然指出"九十年代的中国文坛上最突出的文学想象之一，就是'女性写作'命名的凸起"③。但她同时指出"女性写作"只是对20世纪90年代这一现象的命名，并不是女性作家写作的本身，"因为女性作家并非从九十年代才开始写作，历史上自从有了文学这门关于语言文字的艺术那天起，女性就已投身其中"④。可以说，中国女性写作的历史渊源的时间向前延伸得更久远，其蕴含的女性的生命历程更深厚。

20世纪80年代的思想解放对女性主义文学与文化批评是一个契机，加之，西方女性主义文论的翻译被介绍到中国，对中国的女性主义文学与批评产生了重要影响。相对来说，中国的女性主义文学批评没有西方女性主义文学批评那么浓重的政治意识形态色彩，同时，西方女性主义文学批评一直处于与主流意识形态对抗的状态，而中国的女性主义文学批评往往与

---

①陈骏涛."她世纪"与中国女性写作的走向［J］.海南师范大学学报（社会科学版），2010（6）：31.

②戴锦华.犹在镜中：戴锦华访谈录［M］.北京：知识出版社，1999：174.

③徐坤.双调夜行船：九十年代的女性写作［M］.太原：山西教育出版社，1999：1.

④徐坤.双调夜行船：九十年代的女性写作［M］.太原：山西教育出版社，1999：1.

主流意识形态处于和解的状态。这是中西女性主义文学批评重要的不同之处。这种不同于中国特定的历史文化、文学背景有着重要的关系，中国具有的是妇女解放运动，妇女解放带来了妇女的女性意识与主体性觉悟。中国的女性主义文学批评既借鉴西方女性主义文学批评，又立足于中国本土、特色的文学、文化场域中。中国女性主义文学批评中的女性写作理论经历了一个逐渐"建构""本土化"与"泛化"的进程。①

现当代女性作家作品在20世纪80年代以来备受评论者关注，从作家创作论、以文本细读，运用社会历史分析方法、心理学、哲学、符号学、阐释学、结构主义等方法对其进行剖析，尤其当代女性学者，以女性主义视阈、性别视野、女性创作的独特心理、女性意识与生命体验对现当代女作家作品进行了系统与史类的阐述。其中比较具有代表性的是孟悦与戴锦华合著的《浮出历史地表：现代妇女文学研究》（以下简称《浮出历史地表》）和刘思谦的《"娜拉"言说：中国现代女作家心路历程》（以下简称《"娜拉"言说》），不仅仅开启了真正意义上的中国女性主义文学批评，同时，对以后的女性文学、女性文化学研究与批评具有重要的影响。

第二节 女性写作批评的时代际遇

中国的女性写作经历了"浮出历史地表"的女作家进行"言说"的漫长而艰辛的心路历程，20世纪80年代的文学、文化的批评家和评论家对20世纪以来女性文学创作进行了多角度的关注与评说。尤其女性批评家、学者主要关涉的是女作家创作的"浮出"及其具有鲜明女性意识，彰显性别觉醒，具有鲜明颠覆父权的写作。女性主义文学批评"在对女性个人化写作的批评过程中不仅实现了与西方女性主义写作理论的对接而且完成了中

---

① 王艳峰. 从依附到自觉：当代女性主义文学批评研究［M］. 上海：上海交通大学出版社，2009：113.

国当代'女性写作'理论的建构"[①]。

本著作对女性写作研究的梳理与探讨不仅仅局限于对20世纪90年代的"个人化写作"与"身体写作"等研究的探寻，还追溯到对"五四"时期作家作品的女性创作的探讨，甚至会涉猎关于明末清初时期女性作家的创作的探寻。而综观纷繁的材料，笔者发现，20世纪80年代之前有关女性写作的专著研究，如沧海一粟。

20世纪80年代以来对女性写作的追述与研究可谓如雨后春笋般不断涌现，主要集中在三个时间节点：一是对"五四"时期现代女性作家群及其创作的研究；二是对20世纪80年代女性作家群大量涌现及跨代、共时繁荣景象创作下作家作品的关注与研究；三是对20世纪90年代以"女性写作"命名的"个人化"写作的研究与思考。21世纪也有关于"她世纪"的女性写作的关注与展望，其中关涉新生代女性写作与新世纪网络女性写作。本著作主要对20世纪80年代以来的女性写作的研究和评论加以梳理与分析，以这样的时间节点为划分不仅更便于凸显每个时期女性写作的主要特征，也契合了关于女性文学创作的研究与评论。同时，应注意到这样的划分不是割裂20世纪以来整个女性写作之间的传承与发展。20世纪80年代以降对女性作家、女性作品、女性创作的关注与研究与20世纪的女性文学兴起、兴盛走向"个人化"写作基本是相互吻合的。

一、女性写作批评"浮出历史地表"

美国的乔纳森·卡勒在《作为妇女的阅读》一文中阐发了女性主义文学批评的普遍性结构，即对传统批评的"补充""质疑"和"颠覆"。主要分为三个时期：女性经验贯穿于这三个时期，只是倾向性不同，时隐时现。女性主义批评的第一时期，是"对强调男性形象、男性主题和男

[①] 王艳峰. 从依附到自觉：当代女性主义文学批评研究[M]. 上海：上海交通大学出版社，2009：118.

性幻想的批评传统和成见的补充"①。第二个时期则是以新的阅读经验，"使读者们——男人们和女人们——对支撑他们阅读的文学和政治臆测（assumption）提出了质疑"②。第二个时期不像第一个时期那么依赖于女性读者的经验，而是"建立一个女性读者的假设，利用这个假设取代占统治地位的男性批评的幻象，揭示他们对女性的误解"，"展示了男性批评诠释的局限性"。第三个时期是对前两个时期的推动与发展。"竭力考察把我们理性的诸种概念和男性权益联系在一起的方式，考察我们的理性是怎样成为男性权益的同谋的。"③最终"颠覆传统男性话语"④。中西的女性主义批评基本是围绕着这三个时期展开的。

1988年起，李小江主编的"妇女研究丛书"，由河南人民出版社陆续出版。这套丛书包含的内容十分广泛，涉及众多的人文学科，如政治学、法学、经济学、伦理学、人口学、史学、文学、美学、民俗学等。其中涉及文学的比较有代表性的著作有：康正果的《风骚与艳情：中国古典诗词的女性研究》，孟悦、戴锦华的《浮出历史地表》，李小江的《女性审美意识探微》，乐铄的《迟到的潮流：新时期妇女创作研究》等。其中《浮出历史地表》专著中颠覆传统男性话语的命题表现尤为突出。

戴锦华学者为女性主义文学批评作出了重要贡献。1989年7月，孟悦、戴锦华合著的《浮出历史地表》对当代女性主义文学批评具有重大的意义，不仅开启了中国女性主义文学批评的新篇章，也引领了中国女性主义

---

①张京媛．当代女性主义文学批评［C］．北京：北京大学出版社，1992：46—47．

②张京媛．当代女性主义文学批评［C］．北京：北京大学出版社，1992：52．

③张京媛．当代女性主义文学批评［C］．北京：北京大学出版社，1992：59．

④张京媛．当代女性主义文学批评［C］．北京：北京大学出版社，1992：63．

文学批评的兴起与发展，其中对部分女作家的研究是首屈一指的。"因为有了这部著作，中国大陆的女性主义批评才名符其实。"①该著作选择了"五四"以来具有代表性的现代女作家作品，以性别作为视点，以重读经典、文本细读的方法，综合运用了结构主义、解构主义、精神分析学、符号学、阐释学等理论来研究我国现代女性文学，提出了"两千年：女性作为历史的盲点"。

该著作绪论中开篇指出："中国现代女作家作为一个性别群体的文化代言人，恰因一场文化断裂而获得了语言、听众和讲坛，这已经足以构成我们历史上最为意味深长的一桩事件。"②孟悦与戴锦华对现代女作家经典作品的重读、细读，意在以性别视角反抗与解构传统、颠覆正宗，态度比较坚定，毫不留情。这也在某种意义上与20世纪80年代"重写文学史"，对文学经典的重读、重新阐释有着某种契合。

想要颠覆必先对其进行呈现，《浮出历史地表》中的"两千年：女性作为历史的盲点"彰显了孟悦、戴锦华鲜明的女性主义立场，从绪论开始铺陈了两千年传统的中国社会男耕女织到"父子相继"的社会及对其形成的追溯，以"人伦之始"的夫妇关系进一步阐发父子、君臣的伦理关系。并认为"妇者服也"这一关于妇女的符号就是男性创造的产物，这就是"领衔掌握文化符号体系操纵权者的性别特点"。"男性拥有话语权，拥有创造密码、附会意义之权，有说话之权与阐释之权。"③而"妻与己齐"就是一个很好的例证。在这一话语体系中，男性作为说话的主体、对话的主体，女性只是说话的客体，作为他者存在，女性没有话语权，只有男性

---

①林树明. 女性主义文学批评在中国［M］. 贵阳：贵州人民出版社，1995：274.

②孟悦，戴锦华. 浮出历史地表——现代妇女文学研究·绪论［M］. 北京：中国人民大学出版社，2004：1.

③孟悦，戴锦华. 浮出历史地表——现代妇女文学研究［M］. 北京：中国人民大学出版社，2004：9—11.

可以解释与阐发话语,男性操纵着整个话语体系与语义体系。这样,作为没有历史的女性在文学中处于被人代言、被人塑造、被遮蔽的境遇,进而开始对男性作家笔下的女性形象进行了分析,该著作注重从女性主义视点重读文本,指出了历史上的男性作家笔下的女性形象的扭曲和对女性真相的遮蔽,女性往往作为"空洞的能指"。在古代历史中,只有妻子、妇人、婢妾,而没有女性,女性有生命而无历史。

而19世纪末20世纪初的现代新社会,从秋瑾开启了新女性的时代:女讲演家、社会活动家、女革命家、女留学生、女学者、女性作家等。该著作继续从话语切入,这一时期的女性首先在一系列的否定性的话语中彰显了自身:女人"不是玩物"、女人"不是传宗接代的工具"、女人"不是室内花瓶"、女人"不是男人的附属品",她是对男性统治秩序的反叛。"我是我自己的"(鲁迅《伤逝》)这一掷地有声的话语,开启了这一解构的篇章,这一新文化运动中的女性形象——"父亲的女儿"叛离了家庭,对于女性,"我"与"己"的新的关系重新确立,大大不同以往的"妻与己齐","意味着重新确立女性的身体与女性的意志的关系,重新确立女性物质精神存在与女性符号称谓的关系,重新确立女性的存在与男性的关系、女性的称谓与男性的关系等一系列重大问题"[①]。

直呼自己,表明了女性自身的自我人格的归属,结束了两千年漫长的女性被物化与作为客体的历史,女性开始从物体、客体、非主体逐渐走向主体的成长。"我"及"我自己的"女性,不仅否定了被"物化"的身份,也否定了他者的身份。男女两性不再是主体与客体的关系,而是主体间的关系,如"她"和"你"的出现。填补这一空白是女性主体成长过程中最为关键和最为复杂的一步。作者接下来指出,现代文学史上大多重要的女性形象都首先出自男性作家笔下,男性作家写出了新文化的女性观,即女性意识,

---

[①] 孟悦,戴锦华. 浮出历史地表——现代妇女文学研究·绪论 [M]. 北京:中国人民大学出版社,2004:31.

第二章 性别意识渐觉式的女性写作批评

而这些女性意识恰恰是现代女性作家写作历程的重要的一环。无论"祥林嫂系列"还是"新女性群",虽不相同,肉体上已死的祥林嫂是作家深怀愤懑来怒斥旧秩序、旧社会的"祭品";而精神上必死的新女性则是作者非常沉痛地掩埋革命理想的"殉葬者"。作者进一步指出,新文化运动初期的女性因结构性缺失与所指的匮乏,某种程度上仍是话语世界的"空洞能指",女性在以往话语结构中的位置仍在延续,无所指。这样,女性又掉入了一个话语的陷阱,女性会处于自我分裂的境地,女性仍处于边缘化。女性作家的创作一方面受到主流意识形态的控制,还有女性自身的非主流甚至反主流话语的存在。现代女作家的创作就是在这种状态下产生的。该著作的正文便以三部分、三个时间段对现代女性作家作品进行分析。

而到了新文化运动后的20世纪30年代,这一叛逆的女儿开始走向女人。丁玲笔下的"莎菲",标志着女儿到女人的重要转变。丁玲早期作品中女儿是孤独的、被异化的,其作品创作的主题也是孤独的。《梦珂》[①]中的女儿面临着新的处境:从乡村到都市,已不是封建家庭的叛逆女儿,而是现代都市生活中男性视阈下的被奴役者,也是"被一步步出卖为色情商品"[②]。莎菲拒绝将自己作为社会的玩物,对抗整个都市社会,将自己置身于社会之外。作者总结出,无论梦珂所遭遇的外在异化还是莎菲所面对的内在异化,都体现了丁玲早期小说创作的那份孤独。这种孤独既是环境造成的又是自己选择的。"丁玲的孤独主题包含着双重意味,一方面,它触及女性的生存和精神文化处境,另一方面,它又是女性自我的选择,这是女性在异化的社会面前一种意识形态性的自我保护,它以孤独自守的方式拒绝异化社会,拒绝异化的话语,以孤独来表现都市意识形态力图抹杀的女性自我。"[③]随

[①] 丁玲. 梦珂[M]. 北京:中国画报出版社,2015.

[②] 孟悦,戴锦华. 浮出历史地表——现代妇女文学研究[M]. 北京:中国人民大学出版社,2004:114.

[③] 孟悦,戴锦华. 浮出历史地表——现代妇女文学研究[M]. 北京:中国人民大学出版社,2004:119.

后不久，丁玲顺应主流意识形态，从一个具有鲜明女性意识的作家转变成一个冷静客观的现实主义者。丁玲前后创作的转变，"重心呈现为二项分立：女性的／大众的，个人的／革命的"①。而之后的《三八节有感》是丁玲恢复批判性的又一力作，似乎沉睡的女性自我有所醒来。

与丁玲等主流意识创作不同的沦陷区的两位女作家：苏青与张爱玲。戴锦华就《浮出历史地表》之《再版后记》中所记，20世纪80年代前期，第一次如痴如醉地阅读张爱玲的《倾城之恋》②和苏青的《娥》③，是在冷清平素的电影学院图书馆的一堆未曾整理编目的书中，偶然发现谭正璧于20世纪40年代编辑的女作家作品选本，开篇选的就是这两篇。而在这部选本中，未见到关于作者的只言片语，"于是惊呼历史书写的暴力"，后又在《十月》的旧文重刊栏目中读到了《金锁记》，"对张爱玲的生平基本上得自于二、三手材料，且多为只言片语，而对1949年之后，尤其是海外经历是绝对空白。不知她曾与胡兰成缔有婚约，更不知她与赖雅的婚姻生活，因此，书中有张爱玲终其一生无夫、无夫、无家、无国的'结论'"④。书写张爱玲与苏青时，并非二人完全的作品，对此，戴锦华也意识到其"历史局限性"，但是对"张爱玲、苏青的研究，尤其从女性主义视点所做的研究，是1949年后，大陆相关研究中的第一个"⑤。对张爱玲与苏青及其作品的发现、关注与钩沉，并将其列为专章，填补历史的空白，充实与彰显了20世纪40年代女作家创作，勾画出新的女性形象，为"重写

---

① 孟悦，戴锦华. 浮出历史地表——现代妇女文学研究 [M]. 北京：中国人民大学出版社，2004：121.

② 张爱玲. 倾城之恋 [M]. 北京：北京十月文艺出版社，2012.

③ 苏青. 苏青文集 [M]. 上海：上海书店出版社，1994.

④ 孟悦，戴锦华. 浮出历史地表——现代妇女文学研究 [M]. 北京：中国人民大学出版社，2004：259.

⑤ 孟悦，戴锦华. 浮出历史地表——现代妇女文学研究·重印后记 [M]. 北京：中国人民大学出版社，2004：260.

文学史"大大添了一笔色彩。

《浮出历史地表》指出，苏青的世界已不同于冰心的温婉，也不同于庐隐的悲怆，亦不同于丁玲的女人的孤独，认为苏青的女性述说是苦闷与窒息的产物。而这种自毁性的讲述正是男性所需要的毁灭，这是地表之上的女性对地表之下女性的生存的书写。并认为"苏青的'结婚十年'是对'庐隐十年'的历史延续"，苏青在女人——空洞的能指的书写中以一种朴素而大胆的自陈，完成了男性对女性虚构的重写。沦陷区，"成了一片没有时间、没有历史、没有名称的荒地。在沦陷区的中心监视塔式的辐射状牢狱中，自由意味着死亡，生存意味着一种符号性的苟活"[1]。这正是女性、新女性、解放了的女性真实的生存境遇，是占领区的平民所遭遇的类似于女人作为永远的他者与"第二性"。

而张爱玲笔下的书写却是"一个关于废墟——'荒凉'的废墟的意象"。这片废墟不仅仅是女人的荒原，也是人类的荒原。该书作者认为，张爱玲笔下书写的"是一个正在死亡的国度，充满着死亡的气息"[2]，而这一国度是充斥着斑驳的色彩，是一个被色彩而包围的令人窒息的、充满幽闭恐惧的世界。上海、香港，以至国外所居，无论在哪，都作为异乡、异客的张爱玲比苏青更能深深感受到，女人，这一个永远为异乡、异客的身份。"她始终是一个飘零客、一个异乡人，一个并不空洞、却没有明确的社会性所指的能指。"[3]从这句话可以看出，此时的女性虽已不再空洞，但是在社会上想获得一个身份的明确所指还是那么朦胧。这也是张爱玲及其笔下女性形象的真实呈现。作者接着指出，张爱玲的创作不同于苏青的单

---

[1] 孟悦，戴锦华.浮出历史地表——现代妇女文学研究［M］.北京：中国人民大学出版社，2004：217-218.

[2] 孟悦，戴锦华.浮出历史地表——现代妇女文学研究［M］.北京：中国人民大学出版社，2004：234.

[3] 孟悦，戴锦华.浮出历史地表——现代妇女文学研究［M］.北京：中国人民大学出版社，2004：236.

纯、执着、悲愤与指控，而是一种遮蔽于风雨中的琴声，不是漠不关心，而是一种绝望。张爱玲将这"'安详的创楚'与'寒冷的悲哀'移置在她的叙事空间之中，移置在她关于色彩的话语之中"①。在这充满色彩的"死亡国度"、充满幽闭的空间中，死者目光灼灼地注视着颓废国度下幽灵样飘荡的生者，而生者悄然声息地低声细语，怕惊扰了空气中的幽灵。"你年轻么？不要紧，过两年就老了，……一年又一年的磨下来，眼睛钝了，人钝了，下一代又生出来了。这一代便被吸到朱红洒金的辉煌的背景里去，一点一点的淡金便是从前的人的怯怯的眼睛。"②男人，在张爱玲那里，"只是颓败王国中的物质性存在"③。张爱玲的世界只有一个故事，一个关于女人的故事，一个无父的世界。

在对张爱玲创作的书写中，作者多处穿插了张爱玲与苏青的对比研究，这也某种程度上开创了女作家作品对比的研究，尤其对同为沦陷区的张爱玲与苏青的对比。"和苏青一样，张爱玲也借助了父权社会'权威母亲的话语'，不同的是，苏青所借用的是19世纪关于慈母、母爱的话语，张爱玲所借用的却是20世纪精神分析泛本文中的恶魔母亲的话语。"④张爱玲也讲述母女关系，但是她们却是互相仇恨与隔膜的，这一母女关系是在畸形状态下呈现并呈现出女人、母亲的新形象，一度改写与重写了"恶魔化"的女性——母亲，如《金锁记》中的曹七巧。之前的女性作家笔下的女性形象基本是以美好的、善良的形象存在，尤其母亲形象是慈爱的，

---

① 孟悦，戴锦华.浮出历史地表——现代妇女文学研究[M].北京：中国人民大学出版社，2004：237.

② 张爱玲.倾城之恋[M].北京：北京十月文艺出版社，2012：166—167.

③ 孟悦，戴锦华.浮出历史地表——现代妇女文学研究[M].北京：中国人民大学出版社，2004：239.

④ 孟悦，戴锦华.浮出历史地表——现代妇女文学研究[M].北京：中国人民大学出版社，2004：240.

而张爱玲打破了这一陈规对女性形象的规范，尤其对母亲形象的规范，真实、准确而入木三分地挖掘出人性之恶，女性、母性之另一面。而这一女性的疯狂与变态，恰恰是对父权社会的报复。

《浮出历史地表》对现代女性作家的梳理与解构，既有纳入主流的写作也有处于主流边缘的写作。这也恰恰与20世纪80年代"重写文学史"相契合，成为中国文学史的重要一笔。作者以解构的方式运用了心理分析学、符号学等西方文论的批评方法，某种程度上体现了西方文论对中国文学批评的影响与有效地运用，不同于以往传统的文学批评，既立足于女性主义，又不局限于此，这与当时整个文学、文化思潮与人文环境有着密切的关系。并足以证明："女性主义文学批评有效地参与了中国当代文学研究与批评打破一统化格局、走向多远化的历史进程，并且开始影响着人们的阅读、判断以至创作，而且也将对未来的文学、文化批评，产生不可忽视的影响。"[①]

二、"迟到"的性别书写

"五四"时期的女作家写作不仅伴随着"妇女解放"的社会问题被关注，同时也是女性对自己发现的需要，她们以文学的形式参与到人的解放、女性的解放、个性解放与婚姻自由等社会活动中，受到新文化运动这一外力的推动与支持。随着启蒙运动的挫折以及社会中心由文化向政治的转移，在主流政治意识形态下，以"自身"为对象的女性写作逐渐走向边缘或消退。

20世纪70年代末80年代初，中国的政治、经济、文化等发生了重要变化，对以往问题的纠正与反省，形成了"思想解放"运动，"在最初主要

[①] 陈志红. 反抗与困境：女性主义文学批评在中国 [M]. 北京：中国美术学院出版社，2002：79.

表现为对当代中国的政治、经济、文化路线和政策的检讨"①。肯定了"实践是检验真理的唯一标准",在这一思想解放的潮流中,文学界也作了反思,认为"要有个艺术民主的局面"②,并重申"百花齐放,百家争鸣"的方针,加之,1984年中国作家协会第四次会员代表大会提出了"创作自由"的口号,开阔了作家创作的题材、主题,丰富了艺术风格,形成了不同题材、不同主题、不同创作风格的作品兼容并蓄的良好环境。"时代大变动,社会思想空前活跃,这是产生作家的首要条件。"③新时期文学应运而生。"新时期"这一概念是人们对于正在展开的历史时期的概括,"这一原本在社会政治层面提出的概念,在文学领域得到最广泛的运用。在相当长时间里,'新时期文学'是受到多数人认可的、用以概括'文革'后文学的命名"④。男女在法律上平等,社会对待妇女的态度有所改观,给予妇女一定的关怀与尊重,妇女受教育的机会有所增加,从家庭走进社会,有的女性开始拿起笔言志、传情。

改革开放的春风,吹来了西方文论思想,新时期文学的创作与变革,与西方思想的影响也有着千丝万缕的联系,尤其西方女性主义文论对中国女性文学、女性主义文学创作与研究的激发与促进。加之,市场经济对文学与文化的重大冲击,对传统主流意识形态的消解,促进了女性写作空间的多元化。经历了一段时间的文化沉寂之后,整个社会文化和文学环境都有利于女作家进行创作与研究。20世纪80年代,女作家队伍不断壮大,除了一些经历现代文学迈向新时期的老作家外,还有一批新的创作力量正不

---

① 洪子诚. 中国当代文学史 [M]. 北京:北京大学出版社,1999:226.

② 洪子诚. 中国当代文学史 [M]. 北京:北京大学出版社,1999:226.

③ 李子云. 净化人的心灵:当代女作家论 [M]. 北京:三联书店,1984:220.

④ 洪子诚. 中国当代文学史 [M]. 北京:北京大学出版社,1999:225. 关于"新时期"的争议,本著作不给予评判,采用的是洪子诚先生的《中国当代文学史》中观点。

断涌现，出现了新老女作家代际共存、女性写作繁荣的景象，形成了女性文学创作的第二次高潮，同时也促进了女性文学批评的萌生与发展。"她们以'我笔写我心'的真诚态度面对写作，在写作中实现了女性对自我的寻找和确认，并引发出一系列社会话题的争论。"[1]20世纪80年代的女性写作的书写空间愈来愈宽广[2]，主要有：对理想化男女平等观念的呼唤（舒婷的《致橡树》[3]）；女性肩挑家庭与事业的艰辛与迷茫（谌容的《人到中年》[4]）；对女性本我欲望的抒发（王安忆的"三恋"[5]：《小城之恋》《荒山之恋》《锦绣谷之恋》，铁凝的"三垛"[6]：《麦秸垛》《棉花垛》《青草垛》）；超现实的女性叙事（刘索拉的《你别无选择》[7]）。

洪子诚先生在《中国当代文学史》中，将20世纪80年代的女作家按年龄（自然年龄和文学年龄）[8]来区分为以下几个部分。一是"五六十年代（或更早时间）已经知名，或已届中年而在'文革'后才表现了创作活力的作家"。前者有杨绛、宗璞、茹志鹃等，后者有张洁、谌容、戴厚英等，并指出戴厚英的《人啊，人！》"以人道主义的立场反思当代政治对人性的压抑，

---

[1] 王吉鹏，马琳，赵欣.百年中国女性文学批评［M］.长春：吉林人民出版社，2001：139.

[2] 黄静，等.二十世纪中国女性文学研究［M］.芜湖：安徽师范大学出版社，2017：165.

[3] 荒林，苏红军.中国女性文学读本（上下册）［M］.中国女性文学文化建设丛书，桂林：广西师范大学出版社，2013.

[4] 谌容，张洁，等.人到中年 方舟［M］.《收获》编辑部，主编.北京：人民文学出版社，2017.

[5] 王安忆.荒山之恋［M］.北京：中国电影出版社，2004.

[6] 铁凝.铁凝文集（5卷本）［M］.南京：江苏文艺出版社，1996.

[7] 刘索拉.你别无选择［M］.北京：作家出版社，2009.

[8] 对此该著作给予解释："单纯的年龄上的差别，自然不能成为类型划分的依据，但她们的创作在处理历史与现实的观念和方式上，确也发生了一些改变。"第357页。

表现当代知识分子的悲剧性遭遇"[①]。这一作品的争论，构成了80年代初"思想解放"运动中关于人道主义问题争论的一个组成部分。二是所谓"知青"作家，这些女作家多数出生在20世纪50年代前期，如王安忆、舒婷、张抗抗、张辛欣、铁凝、徐小斌、刘索拉、残雪等，她们的作品讨论了"知青"生活的背景、女性的生活地位、独立的意识以及青年知识女性对事业的抱负，女性在面对家庭、婚姻等与传统思想的冲突的困惑，她们找不到自我，原因不仅在于外界，也在于女性自身。三是出生在20世纪50年代末期和20世纪60年代的作家，如池莉、张欣、毕淑敏、迟子建、陈染、林白、海男、徐坤等。[②]20世纪80年代初，这些女作家的创作基调基本与男作家一致，同样参与了"伤痕""反思""寻根"等文学创作。80年代中期，这些女作家的创作逐渐地意识到女性创作其自身的独特性，女作家的性别意识与她们的创作紧密相连，这与西方女性主义文论的介绍与翻译，与中国一些批评家，尤其是女性批评家对女性创作的关注与批评有关。

女作家的创作虽然也反映与男作家创作同样的社会问题，但也有女作家的创作注重对性别意识与主体意识的发掘，以及女性在家庭与事业、爱妻与婚姻之间的矛盾与困惑。虽然男女在政治、经济上获得平等，法律上也得到了保证，大多数女性参与社会劳动，发挥了自己的聪明才智，展现自己的个性，发挥自己的权利。但是，女性在实际的现实生活中，仍会遇到比男性更多的问题与困惑。如谌容的《人到中年》中的陆文婷，作为女性肩负着家庭与事业的双重压力，谌容的创作与男作家无区别，不仅仅揭示了社会的普遍问题，家庭与事业的矛盾与困惑，更深层次地阐述了女性付出得更多，受到家庭与事业的双重压力。直到当今，在中国社会工薪家庭，只靠家中男性或女性工作，已然养不起家，需要男女双方共同投入社

[①]洪子诚. 中国当代文学史[M]. 北京：北京大学出版社，1999：356.
[②]洪子诚. 中国当代文学史[M]. 北京：北京大学出版社，1999：356—357.

会、工作，而往往是女性牺牲与付出得更多，家庭与事业双肩挑，这不能不引起我们的深思，应该已不是局限于文学领域的问题了。

20世纪80年代中期及之后，随着女作家的大量涌现，女性写作呈现了高潮，对这一时期女性写作的研究与批评的专著及相关的文章也相继问世，评论者有女性也有男性，但以女性居多。著作方面，较早的有李子云的《净化人的心灵：当代女作家论》、乐铄的《迟到的潮流：新时期妇女创作研究》、吕晴飞主编的《中国当代青年女作家评传》、盛英的《中国新时期女作家论》、李华珍的《中国新时期女性散文研究》、陈惠芬的《神话的窥破——当代中国女性写作研究》、戴锦华的《涉渡之舟——新时期女性写作与女性文化》等等。

还有评论家从文学史的角度对20世纪80年代女作家作品给予关注与剖析，如洪子诚的《中国当代文学史》以"女作家的创作"作为专章对女作家的作品进行关注，还有盛英的《二十世纪中国女性文学史》、林丹娅的《当代中国女性文学史论》等等。而对20世纪80年代女性写作有所研究与评论的文章主要有乔以钢的《新时期女性文学与现代国家意识》、王艳芳的《在通向自我认同的途中——"五四"至新时期女性写作中"自我"之流变》等等。

盛英的《中国新时期女作家论》共收入25篇论文，分为专题专论和作家专论。专题专论主要是对新时期女作家群的综合论述，新时期女作家笔下的爱情主题、婚姻伦理题材、女性形象及对社会人生的思考；作家专论主要通过具体作品展现作家的创作风格、特色及体现作家所处的文学背景等。既有对女作家作品的具体分析评判，又有对个体女作家或女作家群整体的把握与剖析，既有微观解读又有宏观考察，彰显了新时期女作家对人性、对人生、对社会及人的思考。这部约写于1981—1991年的论文集或近于专著，更多表现的是关于人性、人的觉醒和人道主义等主题，与20世纪80年代的主流批评基本是一致的。即使涉及女性的觉醒、女性意识，更多的归于人的意识。

其中,《向现实深处探索——读谌容的近作》这篇论文中,盛英指出,谌容近期小说还是关注于普通日常生活,"以其对生活独有的观察,把司空见惯的琐细生活,提炼为关系重大的社会命题,帮助人们思考生活的哲理。她所关注的,仍然是广大人民群众所关注的现实社会问题"[1]。并认为谌容在《人到中年》等作品中,不仅仅是对人物心灵的挖掘来照亮生活,更是"作家对于生活的探索","对生活整体、生活本质的探索","探究主宰生活的光明面及其历史趋势"[2]。

再者,盛英在《先锋派女作家——刘索拉》一文中,首先介绍了刘索拉的出身及其受到的教育经历,指出刘索拉的文学创作与音乐有着紧密的联系,几乎都围绕着音乐、音乐界展开,题材相对集中。并指出刘索拉的先锋性,"并非由题材所决定","作品的现代感,是通过对当今某些音乐青年生存状态和心理状态的传达和评价;通过艺术表现包括结构和语言的变异;以及它们同西方现代派精神、艺术的联系来呈现的。而这一切,从某种意义上说,其勾勒了部分现代女性的心理框架,具鲜明女性特征"[3]。该评论对女性的关注戛然而止,没有再具体明晰。盛英认为,首先是"人的自我意识的唤醒,然后才是女人的性别自认"。然而,新时期女作家已不同于以往的女作家的创作心态,"独立、自尊乃至强者的性别自认,使她们作品洋溢着现代女性的气息"[4]。

可知,盛英虽强调并认可新时期女作家独特的创作及某种程度上彰显的女性自觉与性别意识,但前提是需要有人的意识的观照与关怀。正如在其分析新时期女作家笔下的女性形象时所体现的"女性的自觉与突进",

---

[1] 盛英. 中国新时期女作家论[M]. 天津:百花文艺出版社,1992:185.
[2] 盛英. 中国新时期女作家论[M]. 天津:百花文艺出版社,1992:188.
[3] 盛英. 中国新时期女作家论[M]. 天津:百花文艺出版社,1992:293.
[4] 盛英. 中国新时期女作家论[M]. 天津:百花文艺出版社,1992:23—24.

第二章 性别意识渐觉式的女性写作批评

"女性的天空是低的""女性史没有真相的""我不卖'女'字"[①],分别为萧红、白薇、丁玲对女性感悟的话语,深切地揭示了女性的生存境遇和内心感受以及对人的尊严的追求与向往。新时期女作家对社会历史的沉思,投身到现实的变革中,或展现改革生活中的困惑与矛盾,或揭示女性在现实生活中的命运,或对现实生存的状态进行有力的批评,呈现出"女人的先锋性与现代意味"[②]。"女人的存在,首先是人的存在,女人的自觉首先是人的自觉。""女人首先是人,女性的真相是人的自觉与女人的自觉的统一。"[③]可知,"文学是人学"是该评论集的经典呈现。

《迟到的潮流》这部著作是李小江主编的"妇女研究丛书"中的又一力作,其作者为关注女性创作的男性学者乐铄,他不仅关注新时期女性的创作研究,对现代女性作家的创作也有研究,如其创作的著作《中国现代女性创作及其社会性别》[④]较为系统地阐述了现代女作家30多年的创作发展历程、女性创作的整体面貌及体现的社会性格。对现代女性创作、新时期女性创作这两个重要时期女作家作品的研究与探讨,与乐铄提出的女性创作的两个高潮是分不开的。乐铄指出:我国对女性创作从"五四"时期到20世纪80年代,大致经历了五四新文学、新中国成立前后的文学、新时期文学三个阶段,其中出现了两次女性创作的高潮,即"五四妇女文学高潮"和"新时期妇女创作高潮"[⑤]。同时出版于1989年的《迟到的潮流》较为系统地探索了女作家笔下引人注目的主题,以及她们的创作心态,彰显了一股不可抗拒的时代潮流。可以说,该著作对新时期女性作家的创作的研

---

① 盛英.中国新时期女作家论[M].天津:百花文艺出版社,1992:67.
② 盛英.中国新时期女作家论[M].天津:百花文艺出版社,1992:18.
③ 盛英.中国新时期女作家论[M].天津:百花文艺出版社,1992:70.
④ 2002年出版于郑州大学出版社。
⑤ 乐铄.迟到的潮流:新时期妇女创作研究[M].郑州:河南人民出版社,1989:3.

究与探索具有重大意义，但与《浮出历史地表》相比，受到研究者与评论者的关注度甚微，不知是何原因。与评论者的男性身份有关，还是该著作的评论理论方法等没有受到其他研究者的关注？值得深思，下面具体来看下《迟到的潮流》。

该著作重在谈作品，不谈作家，并指出男女作家个人经历的融入的侧重点是不同的，男作家融入更多的是"个人的社会功能，一般政治、经济、文化见解"，女作家这方面也会有所融入，但她们更多地"融入了关于自己的恋情、婚姻、家庭生活方面的经历"[①]。并指出以论带史，主要研究1978—1986年的中、短篇小说来阐释新时期女性创作的主题，探索女性创作的基本规律、创作的心态及存在的优点与不足。运用的研究方法是传统批评方法（古典文艺理论）与"当代妇女理论"（妇女文学批评）的有机结合，同时还涉及两性创作的比较，作者设想了第三种方法："性差研究"，认为这一方法可能对大多数妇女创作（及男性创作）是适宜的。并进一步指出，"生物进化的过程，便是性差扩大的过程。""正是性差造成人类原始的社会分工，而这种原始的社会分工又继续扩大两性生理—心理的差别，导致两性不平等社会。"当人类意识到这种不平等不利于社会发展时，又倡导解放女性，女性走出家庭，参与社会，打破了两性分工的绝对界限，加重了人类的社会属性，而淡化了人类的自然属性。不过这种淡化无形中主要是"以社会性的趋同掩盖了自然性差的面貌呈现的"。而这恰恰违背了人类自身存在的自然属性，这种属性是一直存在的。人类的理想状态是，"两性在生理—心理的重叠部分变得丰厚的同时，分别发展自己的优质，性力、性征、性气质等方面优势的一端"。否则，这种差别消失了，人类也就寂灭了。并进一步指出，这种性差研究用于文艺创作，"主要不是研究两性文本社会内容方面的细微差别，而是研究创作心理与

---

① 乐铄. 迟到的潮流：新时期妇女创作研究·前言[M]. 郑州：河南人民出版社，1989：1.

艺术规范的不同，在男人与女人的阶级属性都已淡化的当代中国，性生理—心理对女性文艺创作的影响日趋明显"①。在两性参照的基础上，应该对文艺心理学的研究方法有所改造。

乐铄指出的"性差研究"某种意义上与"性别研究"，人的自然属性和社会属性相对应的是生理性别和社会性别有着紧密的联系。以当代妇女理论重新阐释男作家笔下的作品，对男性创作会有新的理解，并指出"文明史上只有男性创作，妇女创作只是偶然现象，现在妇女创作崛起，它既是对男性创作的继承，又是对男性创作的批判"②。对于其指出女性创作是对男性创作的继承，虽然笔者不是那么认同，女性创作自有其历史渊源，只是一直处于被遮蔽与抹杀的境遇，但是其指出了对男性创作的批判，一定意义上肯定了女性创作存在的意义。女性在历史上的失落，重出历史地表，参与社会，获得了一定程度的权利解放，同时面临着新的一系列社会问题，而这一问题某种程度上构成了对传统形式的挑战，"新时期妇女创作中的许多作品自觉不自觉地反映了这种'震撼'与'挑战'"③。

同时，该著作进一步指出了新时期女性作家作品体现出的一些矛盾："妇女对传统角色的鄙视，她们对事业成就的追求与角色紧张，她们在自由恋爱结成的婚姻与家庭中的苦闷、精神生活的贫乏、感情纠葛，自强的决心与具体的奋斗过程，青春期女性的爱情寻求中对情人的寡情陋质的失望，这些情人的困惑不解……简言之，是社会化、人格化的妇女对男性中

---

① 乐铄. 迟到的潮流：新时期妇女创作研究 [M]. 郑州：河南人民出版社，1989：21—22.
② 乐铄. 迟到的潮流：新时期妇女创作研究·前言 [M]. 郑州：河南人民出版社，1989：1.
③ 乐铄. 迟到的潮流：新时期妇女创作研究 [M]. 郑州：河南人民出版社，1989：2.

心的战斗姿态，以及女人自己的气质转换、素质方面的问题。"①新时期作家笔下的女性形象争得参与社会的权利，获得一定意义的解放，但同时也会面临爱情、事业、家庭等矛盾的困扰与不安，一方面在于对隐匿的社会不公平待遇的抗议，对父权或男性文化的揭示，更重要的是作为女性自身要不断提升，突出重围。女作家创作题材方面也可以有所扩大，不应仅仅限制在女性的天地里，不能束缚女作家的手脚，划分绝对女作家题材界限，对男女作家都是不公平的，男作家创作也可以体现女性的生活，正如有部分女作家的作品涉及心理、政治、改革、军事等题材作品，并认为这是五四女性文学所欠缺的。"只要女作家确实把握住了'妇女的特殊存在'，以追求解放的女性特有的'不同度数的镜片'，以不同于男性中心的'原则和评价标准'看待她所写的生活——无论是女性的还是男性的生活，这些作品便具有了特殊的'妇女文学'的存在价值。"这也是乐铄对"妇女文学"界定的一种倾向性。但对"妇女的特殊存在"，尤其是"不同度数的镜片"，是怎样的镜片？乐铄没有进步一说明。

从盛英与乐铄的两部著作可以看出，新时期女作家作品的分析，相对来说主要集中在对主题的把握，主要还是作品的内部研究，尤其对新时期出现的爱情、婚姻、家庭等主题的剖析，来揭示社会问题，彰显女性的境遇与困惑，使用的方法基本还是传统的社会学研究方法，都在努力寻求一种男女两性和谐的态势。虽然乐铄提到了用当代妇女理论及性差研究，部分内容涉及对男女作家的比较，但与戴锦华学者等颠覆重建的女性主张相比还是缓和的。

三、语言与身体的"舞蹈"

"五四"时期以来，女性文学对女儿到女人直至人的书写，关于爱情主

---

①乐铄. 迟到的潮流：新时期妇女创作研究［M］. 郑州：河南人民出版社，1989：7.

题的表现经历了形而上学精神层面的契合，从政治主题到爱情婚姻主题的转变，直到情主题、性主题的演进，彰显了女性身体的被遮蔽与自醒的过程。女性学者杨莉馨指出："五四以来女性文学写作中性爱话语的空缺，表现出的其实是女性作家们关于爱情问题的矛盾立场：一方面，她们要挣脱封建伦理羁绊，以爱情的'纯洁'性来区别于买卖包办婚姻；但另一方面，这所谓的'纯洁'却是以牺牲生命的激情与活力为代价的。"① 女作家笔下的女性在痛苦、矛盾，在灵与肉的张力关系中苦苦挣扎，"步入'女人'阶段的女性对自己的躯体尚然没有研究权、解释权和阐释的习惯"②。直到20世纪90年代中期，中国女性的性别意识与性别觉醒才真正彰显出来。

在西方文化中，身体经历了一个被否定到被肯定的过程，"从性的禁忌到全球化的性趣写作，也成为突破文化禁忌，重新考察两性关系存在，以及对人性探索的手段"③。女性主义学者认为，女性在文明历史中被剥夺了话语权及自己身体的一切权利。而女性要拥有自己的话语权，以身体为武器，将自己写进文本，通过自己的奋斗嵌入社会和历史。从某种意义上说，女性写自己，女性写作必然与女性的身体与欲望是紧密相连的。

关于"身体写作"，最早源于法国理论家埃莱娜·西苏的《美杜莎的笑声》，西苏认为："带有印记的写作这种事情是存在的。""迄今为止，写作一直远比人们以为和承认的更为广泛而专制地被某种性欲和文化的（因而也是政治的、典型男性的）经济所控制。我认为这就是对妇女的压制延续不

---

① 杨莉馨. 异域性与本土化：女性主义诗学在中国的流变与影响［M］. 北京：北京大学出版社，2005：230.

② 孟悦，戴锦华. 浮出历史地表——现代妇女文学研究［M］. 北京：中国人民大学出版社，2004：108.

③ 周乐诗. 笔尖的舞蹈：女性文学和女性批评策略［M］. 上海：上海外语教育出版社，2006：176.

绝之所在。"①这正应和了女性创作不仅仅是发声与言说，赢得话语的权利，也在于对男权文化的批判。西苏并没有给"身体写作""女性写作"作过明确的定义。身体写作某种程度上是生理意义与象征意义的契合，身体的自觉是女性写作中性别觉醒与自我觉醒的一个重要的文学表征。

　　1995年9月，"以行动谋求平等、发展与和平"为主题的第四次世界妇女大会在北京召开，大会指出了提高全球妇女地位的主要障碍，制定了今后的战略目标和具体行动。这次大会为中国的女性文学创作与女性文学批评提供了有利的契机。"北京世妇会召开的1995年，被王光明称为'中国女性作家的狂欢节'，也被徐坤称为女性作家的高潮体验。"②加之，20世纪90年代中国计划经济与市场经济共存的整体格局，商业化经济与大众化文化并存的格局，改变了人们的思维方式与感觉方式。"文学的发展已不再仅仅按政治学社会学规定的路数运作，而是在多位的文化空间展开；文学的功能已成全方位的状态，既是现实的表征，又是精神的消费品；文学的运作既是一种群体的行为，也是个人经验和适中智性的传达，文学的价值和认知，不再在单向度的泛道德化层面上进行裁决，文化背景和价值选择的不同，构成了多种多样途径、互相冲突又混沌和合的丰富内涵。"③"写你自己。必须让人们听到你的身体"④，一批女作家成为20世纪90年代中国女性写作的最强音，女性的身体更多地成为女性作家观照世界的一个重要依托，找到了一种"女性与世界对话的方式"，个人化写作

---

①张京媛. 当代女性主义文学批评［C］. 北京：北京大学出版社，1992：192.

②周乐诗. 笔尖的舞蹈：女性文学和女性批评策略［M］. 上海：上海外语教育出版社，2006：51.

③徐坤. 双调夜行船：九十年代的女性写作·总序［M］. 太原：山西教育出版社，1999：2.

④张京媛. 当代女性主义文学批评［C］. 北京：北京大学出版社，1992：194.

成为20世纪90年代一道亮丽的风景。全国性的中国当代文学研究会专门设立了女性文学委员会，开展了一系列女性文学思潮等为主题的会议，女性文学专家、学者和女作家从不同角度多重问题进行了相异互补的共鸣。

而20世纪90年代相继出现一系列女性文学丛书，更助力了20世纪90年代中国女性文学的发展。其实，20世纪90年代之前，"甚至在丁玲的早期作品中还反映出了与当代女性写作的个人化倾向相沟通的潜在可能"[①]，20世纪80年代中后期，女性诗歌创作开启了这一"无名状态下的个人写作立场"[②]，翟永明的大型组诗《女人》[③]开启了更加凸显女性意识和女性立场的躯体写作，重新发现和确立女性自我，"确立了女性的性别主体，建立起女性诗歌的话语体系，特别是以身体语言为重要特征的言说方式，涵纳了女性的思想、情感与被遮蔽的私人经验"[④]。身体从被遮蔽与桎梏中解放与凸显出来，女性个人化写作的新向度拓展了女性写作的空间。又如伊蕾的《独身女人的卧室》（组诗14首）中多次出现的"你不来与我同居"，"在语言中为了'自由'一再出场的'身体'，她展示出女性在男性话语压制

---

① 陈思和. 中国当代文学史教程［M］. 上海：复旦大学出版社，1999：350.

② 陈思和在《中国当代文学史教程》中将中国当代文学分为共名状态与无名状态，认为20世纪90年代以前的中国当代文学始终处于一种共名状态。共名是指"时代本身含有重大而统一的主题，知识分子思考问题和探索问题的材料都来自时代的主题，个人独立性因而被掩盖起来。"而与共名相对的就是无名状态，无名，指的是"当时代进入比较稳定、开放、多元的社会时期，人们的精神日益变得丰富，那种重大而统一的时代主题往往拢不住民族的精神走向，于是出现了价值多元、共生共存的状态。"

③ 荒林，苏红军. 中国女性文学读本（上下册）［M］. 中国女性文学文化建设丛书. 桂林：广西师范大学出版社，2013.

④ 任一鸣. 中国当代女性文学简史［M］. 桂林：广西师范大学出版社，2009.

中辗转、冲突的现场感"①。她们用"身体"这一完全不同的态势唤醒女性的自醒，召唤女性的进一步解放。在小说方面，20世纪80年代中后期，王安忆的"三恋"与铁凝的"三垛"令人耳目一新的著作问世，尤其铁凝的《玫瑰门》。"《玫瑰门》对20世纪90年代中国女性文学的第三次高潮的到来具有不可忽视的意义。特别是铁凝以'性'为视点对女性身体感觉的全面描述无疑成为以陈染和林白为代表的'躯体写作'的前驱，为90年代女性文学的发展起到功不可没的铺路作用。"②20世纪90年代，以陈染、林白、徐小斌、海男等为代表的女作家，更是将女性的身体的真实体验写进文本，开启了个人化写作、身体写作的新篇章。陈染的《私人生活》《与往事干杯》《无处告别》《凡墙都是门》《破开》，林白的《一个人的战争》《空心岁月》《说吧，房间》《致命的飞翔》，徐小斌的《双鱼星座》，海男的《女人传》等作品在文学界引起了极大的争议与强烈的震撼。20世纪90年代兴起的女性个人化写作成为女性写作的又一重镇。

其实，关于"个人化写作"的挑战，并非女性作家创作的专属。"'个人化'在当时的中国语境中，意味着作家的创作立场从听从国家主导意识形态指导，到立足于个体的自由表达的转化。"③这也同样预设着女性写作中个人化写作将面临的挑战与围城的境遇。"设若我们将'个人化'定义在个体经验与体验的探究、表达，由个人视角切入历史与时代；而不仅是艺术风格。""'女性写作'多少成了一种时尚、一种可供选择

---

① 荒林，苏红军.中国女性文学读本（上下册）[M].中国女性文学文化建设丛书，桂林：广西师范大学出版社，2013：659.

② 刘莉.玫瑰门中的中国女人——铁凝与当代女性作家的性别认同[M].北京：北京师范大学出版社，2012：149.

③ 徐艳蕊.当代中国女性主义文学批评二十年[M].桂林：广西师范大学出版社，2008：153.

与指认的文化角色。"①1996年，戴锦华关于"女性写作"的两篇重要论文：《女性文学与个人化写作》②和《陈染：个人和女性的书写》③，肯定了陈染的个人化写作、对女性经验书写和对父权传统颠覆的意义。同时认为"90年代女性文学创作的繁荣联系着女性主义意识的传播和成熟，在现实的文化、生存环境中，女性的自我意识逐渐明确地成了女性写作行为的支撑之一"④。

从而20世纪90年代的女性写作，在现实生活的境遇下更多地彰显出女性主义的意识，成为这一时期女性写作的重要表征。女性的"个人化"写作及女性写作越来越受到批评者的重视，相关的研究与批评论文与著作逐年增多。据陈志红的研究指出，20世纪90年代中后期的女性主义批评基本围绕着两个挑战寻求自己的理论话题的："一是女性启蒙和争取女性话语权的任务还未完成，也就是说，80年代的任务还要继续；二是在后现代话语和商业时代的夹击下，女性话语权的被消解和被利用。"⑤而女性写作对之前的继承与发展，女性主义批评与女性写作的互动及对个人化写作的关注与讨论，建构了20世纪90年代女性写作批评的热点话题。

在周乐诗看来，身体写作涉及两大范畴：一是经验范畴，它包括写作对象的身体经验和写作者的身体经验；二是象征和比喻范畴，如《美杜莎的笑声》中出现诸多类似喻体。⑥身体的内涵是非常丰富的，它不仅包含身

---

① 戴锦华. 陈染：个人和女性的书写 [J]. 当代作家评论，1996（3）：47—48.

② 刊于《大家》，1996年第1期。

③ 刊于《当代作家评论》，1996年第3期。

④ 戴锦华. 犹在镜中：戴锦华访谈录 [M]. 北京：知识出版社，1999：155.

⑤ 陈志红. 反抗与困境：女性主义文学批评在中国 [M]. 北京：中国美术学院出版社，2002：85.

⑥ 周乐诗. 笔尖的舞蹈：女性文学和女性批评策略 [M]. 上海：上海外语教育出版社，2006：172.

体与肉体，也更具有灵魂、伦理及尊严的意义。人的身体应该是灵与肉的结合，构成一个有机体。正如刘小枫所指出："身体的沉重来自于身体与灵魂仅仅一次的、不容错过的相逢。""灵魂与肉身在此世相互找寻使生命变得沉重，如果它们不再相互找寻，生命就变轻。"①来自灵魂的呼喊，对身体的追寻，女性作家以身体书写着灵魂与身体互相艰难的追寻历程。

徐坤则将身体分为物质之躯与精神之躯，认为最初妇女通过反封建、反压迫争取到妇女人身自由的权利，这是"妇女解放的物质阶段"。而发展到精神的反抗与抗争，则从女性书写自己的身体开始，重新发现与认识"女性自我"，女性作家"从对身体的感性认知出发，转而向文化的其他层面突围"，"身体的语言"进入到"语言叙事范畴"。②女性"通过身体将自己的想法物质化；她用自己的肉体表达自己的思想"，"她将自己的经历写进历史"，"她在飞翔"。③

在西苏看来，女性写作是一种飞翔的状态，女性在这种飞翔中将自己书写融入历史。女作家萧红的一生演绎了女性努力飞翔而又飞不起来的困惑与悲怆。"女性的天空是低的，羽翼是稀薄的，而身边的累赘又是笨重的。不错，我要飞，但同时觉得……我会掉下来。"④林白认为"飞翔是指超出平常的一种状态""写作是一种飞翔"⑤。并且，在林白看来，飞翔中"语词的触碰就像雨滴落到皮肤上，有着速度的缓急、分量的轻重，温

---

① 刘小枫. 沉重的肉身（第6版）［M］. 北京：华夏出版社，2007：101|—102.

② 杨匡汉，孟繁华. 共和国文学50年［M］. 北京：中国社会科学出版社，1999：349.

③ 张京媛. 当代女性主义文学批评［C］. 北京：北京大学出版社，1992：195.

④ 王小妮. 人鸟低飞——萧红流离一生［M］. 北京：中国工人出版社，2012.

⑤ 林白. 致命的飞翔［M］. 北京：台海出版社，2001：3.

度的冷暖等等细微的不同","所有的词来自传统和文化,但它们最终是要来自生命,从生命的深处涌流出来,表达生命本身"。而"写作就是用自己的语词来寻找现实"①。又如,海男将《身体祭》视为"一部身体的祭书",书中不仅"荡漾这已经远离我们而去的那些罪恶的梦魇的残片",还"荡漾这从身体中诞生的那些因爱情而诞生的灵魂的疼痛和尖叫"②。

林白认为,作为女性写作者,面临着主流叙事与男性叙事的双重"覆盖",想要抗争这种"覆盖和淹没",就要奋力"飞翔"。林白认为"写作也是一种飞翔","个人化写作是一种真正生命的涌动,是个人的感性与智性、记忆与想象、心灵与身体的飞翔与跳跃,在这种飞翔中真正的、本质的人获得前所未有的解放"③。陈染指出,关于个人化写作,也有人称之为"私小说","它首先涉及到'个人与群体、个人与人类的关系'这样一个在东、西方文化中完全不同的社会观念与哲学问题"④。并将个人化写作提升到人性与人类的层面上加以阐释,陈染认为:"在人性的层面上,恰恰是这种公共的人才是被抑制了个人特性的人,因而她才是残缺的、不完整的、局限性的。纪德也曾经提到过'体现尽可能多的人性'。我想,应该说,恰恰是最个人的才是最为人类的。"⑤

以林白和陈染为代表的个人化写作也涉及女性身体的经验而引起热议。1994年张宇光的《陈染个人化的努力》开启个人化写作的评说,越来

---

① 林白. 林白文集·守望空心岁月 [M]. 南京:江苏文艺出版社,1997:309.

② 海男. 身体祭 [M]. 南京:江苏文艺出版社,2008.

③ 林白. 林白文集·守望空心岁月 [M]. 南京:江苏文艺出版社,1997:307:296.

④ 陈染. 陈染文集·女人没有岸 [M]. 南京:江苏文艺出版社,1996:246.

⑤ 陈染. 陈染文集·女人没有岸 [M]. 南京:江苏文艺出版社,1996:247.

越多的学者、评论家参与到个人化写作的评论中，既有肯定也有质疑。张宇光在该文中指出，中国社会大多数人文产物，具有"标准化"与"公共化"的特点，而这些特点一旦确定，就会发生作用，"个人化的东西就不复存在了"，"标准化"使个人的东西在逐渐消失，在中国现当代文学中，"甚至连真正意义的'私人小说'都没有"，而小说家的个人化努力在中国虽然有大量空白，但是陈染的小说显现了个人化的努力，并预言"陈染不会寂寞"[①]。的确，陈染不是寂寞的，1994年之后，陈染及其小说受到更多的关注，凸显了个人化写作的姿态。1996年《当代作家评论》和《小说评论》皆在第3期分别以陈染为话题发了两组文章。这些文章分别是《当代作家评论》：贺桂梅的《个体的生存经验与写作——陈染创作特点评析》、孟繁华的《忧郁的荒原：女性漂泊的心路秘史》、戴锦华的《陈染：个人和女性的写作》；《小说评论》：陈晓明的《无限的女性心理学：陈染论略》、吴义勤的《生存之痛的体验与书写——陈染小说论》。

这些文章肯定了陈染的小说创作，尤其戴锦华的那篇论文，后来作为《陈染文集》的跋。戴锦华将陈染的创作定位在个人的和女性的，契合了陈染的个人化写作。陈染的写作是个人的，陈染希望拥有一间如伍尔夫所说的"自己的屋子"，"用来读书、写作和完成我每日必须的大脑与心的交谈，也用来消化外面那些弥漫的污浊和谎言，……拥有一些不被别人注意和妨碍的自由，可以站在人群之外，眺望人的内心，保持住独立思考的姿势，从事内在的、外人看不见的自我斗争"[②]。戴锦华指出："个人、个人化写作意味着一种无言的、对同心圆式社会建构的反抗，意味着一种'现代社会'、'现代化前景'的先声；……个人，或曰个人化，是陈染

---

① 参见文学自由谈，1994（4）：112—113.
② 陈染. 陈染文集·女人没有岸［M］. 南京：江苏文艺出版社，1996：145—146.

小说序列中一个极为引人瞩目的特征。"①

　　陈染的创作又是女性的，呈现了性别的复苏。上述文章进一步指出，陈染立足于女性化写作的立场，借助于精神、心理分析的视野，其作品涉及到多种心理场景："始自父亲场景""性别场景、拒绝与逃亡""母女之情与女性场景"及"姐妹之邦"，恋父情结，对母亲既拒斥又留恋、成长的性体验和姐妹情谊以及自闭与死亡。戴锦华认为，女性写作的"个人化写作"具有两大特点：对女性个人及体验的直接书写和对男权社会的秩序、道德等的质疑与颠覆。在戴锦华看来，"个人化写作"至少有三个层面："一个是个性风格，比如鲁迅是一个风格意义上相当个人化的作家。另一个层面，所谓个人化，是只从个人的视点、角度去切入历史……最后一个层面……是针对女作家，个人化写作有着自传的意义。"②可以看出，戴锦华对个人化写作是持肯定态度的，给予其一个合法的身份，赋予其文化的意义与价值。陈志红认为戴锦华在《奇遇与突围——九十年代女性写作》③中，对女性写作的阐释中将个人化写作与女性写作相联系起来，他指出，戴锦华认为"女性写作"的个人化主要表现为："伟大叙事的裂解""女性写作传统的复活""显露出在历史与现实中不断为男性话语遮蔽、或始终为男性叙事所无视的女性生存与经验"。个人写作与女性写作关系的确定，为个人化写作进入公共话语空间开辟了道路，因此，将会改变传统文学的地图，进而"完成女性主义话语的文化使命"④。

　　20世纪90年代中后期对林白与陈染的关注越来越多，褒贬不一。批评既有对她们的个人化写作而发，也有针对批评界对她们的阐释，部分出现

---

①戴锦华.陈染：个人和女性的书写[J].小说评论，1996（3）：48.

②戴锦华.女性文学与个人化写作（与王干的对话录）[J].大家，1996（1）：197.

③刊于1996年第5期《文学评论》。

④陈志红.反抗与困境：女性主义文学批评在中国[M].北京：中国美术学院出版社，2002：90—91.

了批评的商讨与对话，尤其是她们通过身体的书写为女性获得话语权的观点。徐艳蕊指出，"批评大致从三个方面进行：其一是道德谴责；其二是认为她们的私人/身体写作只是一种迎合市场的策略；其三是质疑以身体为基点的写作策略能否达到女性主义者们所预期的目标"[①]。并指出，这三种批评观点往往在批评中相互混淆，但联结彼此的焦点即是身体。

因根深蒂固的历史文化传统的深深影响，以身体为自觉体现女性意识的身体写作遭到了被误解、被利用而走向媚俗与粗俗，在突破重围时又落入庸俗的陷阱。戴锦华、陈惠芬等学者及女作家对其予以回避甚至对此提出了批评。20世纪90年代女性所面对的文化情境要复杂与丰富得多，戴锦华指出了"身体写作"发生的畸变不利文化环境："一边是急剧推进的现代化、商业化进程，……在另一边，男性写作不断丰富着某种阴险莫测、歇斯底里、欲壑难填的女性形象，使其作为一个新的文化停泊地，用以有效地移置自身所承受的创伤体验与社会性焦虑。"[②]同时，这样会形成新的裂缝、诱惑与可能，20世纪90年代女性写作便是充分显现了新的写作向度，开拓了新的写作空间。正是面临这种焦虑与不安，陈染、林白等逐渐由"身体写作"向"个人化写作"转变。

徐坤的《双调夜行船》堪称对20世纪90年代女性写作较为完美的注释。徐坤开篇指出，"女性写作"命名的凸起，是20世纪90年代的中国文坛上出现的最突出的文学现象之一。并指出，20世纪90年代的女性写作比以前更复杂与丰富。徐坤认为，西方的女权主义、中国世界妇女大会的召开及中国计划经济与市场经济的整合，为女性写作提供了机遇与挑战，女性写作对男权文化的反抗与对商业化社会中男权的反叛与颠覆等，这一切使得20世纪90年代的女性写作变得"迷乱而纷杂"。并进一步指出："本书旨

---

① 徐艳蕊. 当代中国女性主义文学批评二十年[M]. 桂林：广西师范大学出版社，2008：162.

② 戴锦华. 涉渡之舟：新时期中国女性写作与女性文化[M]. 北京：北京大学出版社，2007：359.

在通过大量详尽的文本分析，探讨女性写作的实践意义，并概括和梳理出诸种现象表层之后的背景渊源及女性写作在九十年代的基本脉络走向和特点。"①

徐坤指出，想要给女性写作下个定义是不可能的，因为女性写作"这种实践永远不可能被理论化、被封闭起来、被规范化——而这并不意味着它不存在。然而它将总会胜过那种控制调节菲勒斯中心体系的话语。它正在而且将还在那些从属于哲学理论统治之外的领域中产生。它将只能由潜意识行为的破坏者来构思，由任何权威都无法制服的边缘人物来构思"②。在徐坤看来，对女性写作的无法界定和不可言说，一方面使女性写作呈现出"混乱和犹疑"，但另一方面也给女性写作提供"最大程度上的自由"。无论将"女性写作"界定为凡是"女"性性别的女性"自然人"的写作，还是限定在只有"女"性作者写一己之私的生活的写作，都是有失偏颇的。而要突破这样的尴尬处境，女性就"必须找到女人表达自己的语言，从而加速地建立起女性自己的诗学"③。因此，徐坤认为，"在考察女性写作实践时，强调其'文化立场'而非'性别立场'就显得尤为重要。作为一种'文化立场'的女性主义，'是以女性的独特体验、独特视点去反观男权文化'"④。对于文化的阐述，戴锦华也曾有类似的描述，前文中提到过，关于女性写作与女性文化的思考，而徐坤没有进一步指出"文化立场"是怎样的。

---

①徐坤. 双调夜行船：九十年代的女性写作［M］. 太原：山西教育出版社，1999：3.

②张京媛. 当代女性主义文学批评［C］. 北京：北京大学出版社，1992：197—198.

③徐坤. 双调夜行船：九十年代的女性写作［M］. 太原：山西教育出版社，1999：4—5.

④徐坤. 双调夜行船：九十年代的女性写作［M］. 太原：山西教育出版社，1999：5.

关于"女性写作"的说法上，笔者也认同学者戴锦华的观点。戴锦华自己说："不太喜欢用'女性文学''女性诗歌'这样的字眼……我自己更喜欢用'女性写作'这个概念来谈所有关于女性的文化事件、文学事件。在女性写作中，我非常强调实践的意义。女性写作是一种包含了很多可能性的、具有无限空间的文化的尝试，可以叫作一种文化的探险。这种体现的意义在于，把长期以来没有机会得到表达的女性的经验、视点、对社会的加入、对生活的观察，书写出来。而且相信这种女性写作还能包含某些传统男性写作所不能达到的空间，具有更多样的可能性。所以我觉得女性写作具有更广阔的空间，具有更多样的可能性，而不是一个特殊的事件，特殊的可以进行界定的文学现象。"①前文提到过，戴锦华更愿意用女性写作来取代女性文学，认为女性写作是一个个事件与文化的尝试、探讨，并赋予其更多的可能性。

徐坤进一步指出，女性写作彰显了女性的性别意识，与以往的文化地位相比有所改观，但应该意识到，性别对于女性犹如一把双刃剑，无论在策略上的颠覆或文化上的反叛，还是在迷宫的反讽构架上，"女性木文以其美学及其诗意上的巨大而鲜明的隐喻性，能动地穿透了当下的生活，仿佛是在明处，又仿佛在暗中，在九十年代的历史文化长河中形成一幅'双调夜行船'的迷人图景"②。而对这份图景的"破译或说解"正是徐坤创作该著作的主旨所在。

在徐坤看来，20世纪90年代的女性写作呈现了"尴尬与自由""断裂与接合""颠覆与皈依"的境遇。并认为20世纪90年代女性写作的"一个

---

① 戴锦华. 诗歌的女性视野——关于《中国女性诗歌文库》的多边对话［N］. 中华读书报，1997-12-17.
② 徐坤. 双调夜行船：九十年代的女性写作［M］. 太原：山西教育出版社，1999：6.

突出特点是母亲谱系的梳理和母女关系的重新书写"[1]。女性在重审自己、重新认识自己的同时，也对"母亲谱系"和"母女关系"进行重新书写。[2]徐坤进一步指出，20世纪90年代女性写作的又一态势，即"以'回望'和'追述'的意绪展现一部业已完成的繁缛历史，并从一贯的男性话语遮蔽覆盖之下呈现出女性的生存经验"[3]。在女性的书写中，女性个人与历史对话是一种"孤独的叙说"，女性写作与批评在做一种突围的表演。

在女性书写自己中，徐坤认为，女性写作中的身体写作体现了"身体的忧郁"，女性将自己赤裸裸地暴露在"菲勒斯审判目光"的注视之下，女性将无处"逃遁"，女性在被男性的"哈哈镜"打碎之后，甚至连自己的原型也被撕裂，女性已无法再回到原型，女性已经无处可逃。女性在争取话语权的同时，其声音已经变得有些"哑然"，"身体也在一连串的打击下"也看似疲惫不堪。对此，徐坤预言，女性作家对于"菲勒斯机制的颠覆和反叛的斗争将是漫长而艰苦卓绝的"。[4]徐坤接着对林白的《一个人的战争》、陈染的《私人生活》进行了细读分析。徐坤认为，林白的个人化写作"完全按照埃莱娜·西苏所指'返归女性躯体写作'理论主旨来操作的《一个人的战争》，其写作实践的结果，又恰好，几乎可以说是完整无缺地使西苏理论预测的后果得以实现"[5]。并进一步梳理了《一个人的战争》发表后在文坛上引起激烈的辩论，认为质疑与讨论更多的是对传统道德意义上的追

---

[1] 徐坤.双调夜行船：九十年代的女性写作[M].太原：山西教育出版社，1999：20.

[2] 徐坤.双调夜行船：九十年代的女性写作[M].太原：山西教育出版社，1999：21.

[3] 徐坤.双调夜行船：九十年代的女性写作[M].太原：山西教育出版社，1999：108.

[4] 徐坤.双调夜行船：九十年代的女性写作[M].太原：山西教育出版社，1999：87—88.

[5] 徐坤.双调夜行船：九十年代的女性写作[M].太原：山西教育出版社，1999：64.

问。《美杜莎的笑声》"几乎就可以解释它的本文生成的全部"。

不管是女性创作还是男性创作，重在身体之外，应该有灵魂的找寻与呼唤，除了对个人的、内在的书写，也应观照外部世界的丰富多彩，这样，中国的女性写作才会自由的飞翔。而女性写作批评的博采众长、各自分说，在某种意义上，促进了女性写作的健康发展。总的说来，女性写作与女性写作批评呈现了互相促进、相得益彰的良好态势，女性文学研究与女性主义文学批评家试图建构女性主义文学理论，倡导"性别诗学"，但其道路是崎岖与困惑的。

第三节　女性写作批评的反思

纵观研究者与批评家对20世纪80年代女性写作的著作与文章的阐发和分析，可以得出，女性写作批评呈现了多样化，以性别视角、文化视阈，从主题、题材、体裁等方面分析女性作家作品，并为女作家书写评传。另外，部分文章涉猎了关于新时期文学思潮与女性写作、女性主义与女性写作、新时期女性写作的缘起及女性写作的身份认同与困惑等重要议题。对新时期女性写作的梳理、研究、分析与评论是多视角、多领域的，既有个体的分析又有作家群的整体的研究，具有民族性与地域性，又有文化与文学史的支撑，女性写作研究与批评可谓繁花似锦，甚是繁荣，但又有其自身的不足。

一、女性写作批评的多样化

一是对20世纪80年代新涌现的部分女作家作品的分析，或堪称女作家作品的评论集，如李子云的《净化人的心灵》与盛英的《中国新时期女作家论》。《净化人的心灵》既是对20世纪80年代新涌现的女性写作的评论，也是偏重于部分中青年女性的小说创作，"这本评论当代女小说家的小册子，只涉及了十一位中青年女作家的作品（唯一例外的是《晶莹的冰

花》，评论了丁宁的散文），其中还有两位是长期寓居国外的"[1]。（对此，作者随之对这一安排也作了解释）

二是对20世纪80年代女性写作的作品的主题及题材、形式的分析。如《迟到的潮流》将1978年以来新时期的女性写作分为初期的政治主题、向爱情题材集中、情主题与性主题等，又分析了张洁、谌容、王安忆、张辛欣四位女作家在题材与形式上的拓展等。

三是以女作家传记评论的方式梳理女作家作品。如吕晴飞的《中国当代青年女作家评传》，该著作一共入选了34篇小说（包括女作家简介和作品节编）、诗歌作品，这些作品，有的是当代青年女作家进入文学殿堂的成名之作，有的是女作家的代表作。

四是以体裁的形式划分。一般对女性写作的评论主要是对作家作品整体创作的评论，当然对作品的分析一般还是以小说为主，20世纪末出现了对20世纪80年代女作家散文或诗歌的系统评论，如《中国新时期女性散文研究》。

五是从文化的视阈分析女性写作。如《涉渡之舟》，该著作是以明确的女性主义视角、文化视阈对新时期中国女性写作进行研究。作者选取相对传统的作家作品论的方式，保持微观的文本细读，对新时期张洁、戴厚英、宗璞等重要作家、作品进行了创新性研究。加之"意识形态症候阅读的方法"，以此凸显20世纪80年代"文化与女性写作的丰富、多元与多义"，彰显女性生命经验与生命意义的表达。[2]指出了"男女都一样"的表述，严重地庇护着男女平等的实现，意味着对"男性、女性间深刻的文化的对立与间或存在的、同时被千年男性历史所强化的、写就的性别文化差

---

[1] 李子云. 净化的心灵：当代女作家论 [M]. 北京：三联书店，1984：215.

[2] 戴锦华. 涉渡之舟：新时期中国女性写作与女性文化·后记 [M]. 北京：北京大学出版社，2007：381.

异的抹煞与遮蔽"①。"妇女在政治、经济、法律意义上的解放,伴生出新的文化压抑形式。"②

六是从文学史(论)的角度梳理与分析女性写作,如盛英的《二十世纪中国女性文学史》、邓红梅的《女性词史》、任一鸣的《中国当代女性文学简史》、林丹娅的《当代中国女性文学史论》,主要以女性文学、女性写作为史、作论。

七是跨民族、跨地域,以地域性与民族性的划分研究女性写作,如上文提到的刘颖慧、王冰冰和田频的专著,分别对新时期东北地区的女性写作和少数民族的女性写作作以研究。

二、女性写作批评发展的新趋向

一是女性写作批评的时间应拓宽。

20世纪70—80年代,我国就已经出现了女性写作批评,但早期的女性写作批评著作仅仅开始关注中国女性作家的作品。到了20世纪80年代后期,西方女权主义文学理论涌入,许多女性文学批评开始深入到作家创作的思想根源及社会根源,女性文学批评有了更进一步的发展。但笔者研究发现,大部分女性文学批评著作只选取了女性文学发展的高潮时期——20世纪80—90年代,而对于中国古代文学中的女性作家及著作,还有20世纪90年代后期的女性作家及著作涉及较少。

纵观中国女性文学的发展历程,可以说,我国古代文学中就产生了最早期的女性文学,我们可以窥见女性文学的萌芽。只是在那个时代,女权主义、女性主义这些词还没有传入中国,女性对于性别差异上的压迫和不公的反抗意识较弱。但并不能否认我国古代没有女性文学,只是大部分女

---

① 戴锦华. 涉渡之舟:新时期中国女性写作与女性文化·绪论 [M]. 北京:北京大学出版社,2007:5.
② 戴锦华. 涉渡之舟:新时期中国女性写作与女性文化·绪论 [M]. 北京:北京大学出版社,2007:5.

第二章 性别意识渐觉式的女性写作批评

性作家被淹没在了历史长河中,只留下了少数才华出众的女作家,但与男性作家的地位相比,还远远不及。

二是女性写作批评的对象应拓展。

乔以钢在《20世纪中国女性文学研究的回顾与思考》一文中指出:女性文学研究在扎实、稳健的发展过程中也还存在一些值得注意的问题。……女性文学研究在确立自己的价值目标时,眼光应更为开阔,注意探讨女性文学与广大女性生存现实的关系,避免那种为研究而研究,或是在一个小圈子里孤芳自赏,满足于做精神贵族的倾向。①

笔者发现,在一些女性主义文学批评著作中选取的作家作品较为集中,以女性主义文学批评最为知名的著作为例,刘思谦的《"娜拉"言说》和孟悦、戴锦华的《浮出历史地表》中均选取了冯沅君、卢隐、冰心、凌叔华、丁玲、白薇、萧红、苏青、张爱玲等作家。而在20世纪90年代,中国女性主义文学研究中也反复出现对林白、陈染的批评与研究。正像乔以钢所说的,重复性研究较多,创造性研究较少,这对我国的女性主义文学批评研究的发展是极为不利的,所以笔者认为,女性写作批评的对象应该拓展,开阔视野,把目光放在那些能够体现强烈的女性意识、具有鲜明的女性情感体验等创作中,与此同时,我们也不能放弃没有体现明显性别意识、没有反映女性独特情感体验的女性作家创作的作品。

三是女性写作批评应走向多元化、文化化。

20世纪90年代,中国女性写作批评充斥着"身体写作""私人写作""个人化写作""私人化写作"的标签,也充斥着各种质疑,受到学者们广泛的关注。可以说这个时期相较于20世纪80年代的中国女性主义文学批评的发展,已经有了长足的进步,对于各种质疑的争论和探讨,也使得女性问题、女性主义、女性主义文学被大众所关注,而女性写作批评也由文学领域逐

---

①乔以钢.20世纪中国女性文学研究的回顾与思考[J].天津社会科学,1998(2):82.

渐走向文化的范畴。

女性写作开始由社会化题材转向个人私密经验的叙写。这种"个人化写作"意味着女性作家的创作立场开始从以国家主导意识形态、以男权为中心的意识形态转向为立足于个人的、具有个性化的自由的表达形式。与此同时，我们也看到了像张洁、铁凝等人的作品展现出在巨大的历史、社会、政治中对女性经验的讲述，而不仅仅是从性别的角度来反映女人，女性已经成为一种社会现象。女性创作的多元化，直接影响了女性写作批评的多元化。女性写作批评呈现出了百花齐放的多元化态势。人们在关注文学的同时，文化也逐渐受到广泛关注，这都体现出了中国女性主义文学批评的发展和进步。

女性写作批评逐渐走向文化化。中国著名女性主义文学批评学者戴锦华，也是中国"文化研究"的重要代表人物，她认为，对新时期女性写作和女性文化批评的梳理，从某种程度上来说，是"文化研究"理论在当代中国女性写作领域中的一次出色的批评实践。她的作品《涉渡之舟》梳理与批评了女性写作与女性文化，从文化立场考察了女性写作。

徐坤在认同戴锦华观点的基础上，进一步指出，我们要在"文化立场"而不是"性别立场"去考察"女性写作"。她在《双调夜行船》中提出了文化立场上的"女性写作"的用法，认为在考察"女性写作"实践时，"文化立场"比"性别立场"更重要。

另外，西慧玲的《西方女性主义与中国女作家批评》以比较的视野阐释西方女性主义与中国女性作家创作之间的接受与超越。这一影响是双向的，既有西方女性主义对中国女作家创作的影响，也有中国女作家创作对女性主义接受的状态。作者分析出中国女性写作的新的特质与品性，即女性作家创作的否定意识，其启迪人们正视女性的两难处境：身处父权体制、父权话语下，无论是反抗还是服从，其结局都是悲剧的；女性作家创作的边缘状态，"妇女写作会这样活跃和兴旺，是和她们所处的边缘位置有关系的";女作家创作的私人形式,为女性自我的角色设计提供了无限新的可能;都市情结,这一创作顺应了从闭塞的农业生产型转向现代都市型,展现了女性的情感与行为的变迁;解构主义,女性作家的创作不仅仅与历史密切相关,也在重新讲述历史,不断重写自己的历史、文学史;男性关怀,男性关怀成为女作家创作的最新目标,这不仅仅表征了女性创作对男权的批判,也是对男性伸出了橄榄枝,共同努力建构和谐的两性文化。[①]

[①]西慧玲. 西方女性主义与中国女作家批评 [M]. 上海:上海社会科学院出版社,2003.

第三章　重新书写的女性文学史

第一节　重写女性文学史的背景

重新书写女性文学史意在建构与凸显女性在文学史上的重要地位。福柯曾指出：任何话语都是权力关系运作的结果，而"历史作为一种话语形式，也是各种话语关系运作的产物"①。琼·瓦拉赫·斯科特在《社会性别：历史分析中的一个有效范畴》中强调，在女性史编著的过程中引入性别视角的意义："我们知道将妇女载入史册意味着要重新定义和扩展占据史学重要地位的传统观念，要包容个人经历、主观经验、公众活动及政治活动。可以说这种方法论尽管艰难，但是这种方法论本身就意味着这不仅是在撰写新的妇女史，也是在撰写人类的全新历史。"②由此可见，从女性、性别的角度出发，颠覆传统的以男权为主的历史，去追寻女性在社会中的话语权，去重新构建女性在文学史中的地位，去撰写全新的人类历史，对女性文学史的重新书写意义重大。

我国重写女性文学史主要基于三个背景：一是父权制下被遮蔽的女性文学传统；二是西方女性主义理论对女性文学传统的追寻与重构；三是20世纪80年代对文学史的重新书写，有利于女性文学传统的重构。文学史重

---

① 王艳峰. 从依附到自觉：当代女性主义文学批评研究[M]. 上海：上海交通大学出版社，2009：70.

② 斯科特. 社会性别：历史分析中的一个有效范畴[M]//李银河主编. 妇女：最漫长的革命：当代西方女权主义理论精选. 北京：三联书店，1997：153.

构的性别视角，使批评家、学者"第一次意识到并不存在所谓客观、公正的文学史叙述，在以往的文学史中，女性作为创作主体一直被埋没了，基于女性立场的文学史有赖于重新挖掘相关史料、对女性作家作品重新评价，从而重构女性文学在文学史上的主体地位"[1]。

一、父权制下被遮蔽的女性文学传统

中国古代，男女之间的关系产生了多次变化，随着生产劳动方式的改变，父权逐渐发展，产生了父权家长制。由于血缘的继承关系，父权的地位进一步巩固，其他的家庭成员成为其附庸品。《诗经》中，有一些诗歌反映了这种情况，如《卫风·氓》是一首弃妇诗，诗中写了女主人公从恋爱到婚姻，以及婚后被丈夫遗弃的悲惨命运。在父权制下，女性要屈服于父权，处于从属地位，婚姻关系取决于丈夫。

（一）中国父权制的历史传统

氏族社会按照母系血统维系，由于特殊的婚姻关系，子女只知其母不知其父。在母系氏族社会中，女性从事采集果实、加工食物等劳动，男子则是狩猎、捕鱼，妇女在氏族中具有很高的威望。随着生产方式的变化，种植业和畜牧业慢慢发展成为中国先民最重要的劳动生产方式，男性在劳动中发挥越来越重要的作用。男子在农业、手工业等劳动中逐渐占据主导地位，家庭婚姻关系也发生变化。由于女子生理和体力的原因，以及生产方式与家庭事务的变化，女子在社会家庭中的地位不断弱化，并且不具备经济上的独立地位，导致其人格的不独立与意志的不自由。女性的活动范围局限于家庭之中，负责生育和家务。女性成为男性任意支配的奴隶，丧失了自由，女子对男子（其父其夫）的依赖性与依附性加深。贵族的妇女，凭借父亲、丈夫、儿子的权力来参与政治。但这只是在那个时代背景

---

[1] 王艳峰.从依附到自觉：当代女性主义文学批评研究[M].上海：上海交通大学出版社，2009：76.

下的个例，贵族的女性，更多地沦为"政治婚姻"的牺牲品。异姓诸侯国之间时常通过联姻的方式，得到异姓诸侯国的支持与联盟。下层平民女子的婚姻虽然不用为"政治"服务，但是女子嫁入夫家之后，必须恭敬勤勉地侍奉公婆，礼教对她们的束缚日趋严重。女子要"终不更二"，无论所嫁的男子品德好坏，家庭生活是否和谐，丈夫是否死亡，作为妻子，都要从一而终。

封建社会对妇女的生活、婚姻自由的压制达到了前所未有的程度，在婚姻关系中，女性被父母或家庭控制，甚至被作为一种商品进行交换来获取利益。在家庭生活中，女性没有财产所有权，主要的财产支配权为嫁妆，经济不能独立，一定要依附于丈夫，为主从关系，没有独立的人格尊严。虽说女性在明清时期地位低下，但也出现了一些女性意识觉醒的作品，在小说、戏曲中，透露着反对"存天理、灭人欲"的倾向，女性的自我意识逐渐觉醒和深化。

20世纪初，西方的民主、自由思想传入中国，充分促进了女性意识的觉醒，兴办女子学校，倡导男女有同等的受教育权利，质疑传统的贤妻良母观。妇女运动在这一时期蓬勃发展，秋瑾等一大批女革命家参与革命运动，批判束缚妇女的封建旧道德，争得女子的权利，倡导男女平等。

（二）父权制下的女性文学

中国文化承传于中国传统文化中的父权制文化系统，中国传统文化是皇权、族权与父权相结合的等级社会，"君君臣臣、父父子子"，而女性处于社会最底端的处境。"'妇人'——'伏于人的人'：幼时伏于父兄，嫁了伏于丈夫，丈夫死了还要伏于儿子。就是所谓的'三从'，即'未嫁从父，既嫁从夫，夫死从子'。"[1]

---

[1] 寿静心. 女性文学的革命——中国当代女性主义文学研究[M]. 北京：中国社会科学出版社，2007：237.

父权制建立在家庭基础之上,是妇女通往自由之路的镣铐。但是,男性与女性一样,在某种程度上也存在不自由。男性在家族生活中,除了听从长辈的话之外,更重要的是必须承担起家族的义务。在家庭中,男性处于主导地位,但在社会中也常常处在怀才不遇的社会边缘,苦闷烦恼。中国的女性文学和女性主义文学批评,意在打破父权制对人性束缚的枷锁,冲破封建传统对男性和女性的桎梏。"我们因为受压迫,所以要求解放,那么,我们就要明白在现社会组织之下,受压迫的还不仅是女子啊!因此,我们的运动绝不是单独的,是要与所有被压迫的阶级的人们,大家携手联合起来,推倒一切现存的制度,铲除一切不平等的阶级。"[1]

中国女性文学的创作历史悠久,早在《诗经》中就有作《燕燕》的庄姜,她被认为是中国历史上第一位女诗人。"燕燕于飞,差池其羽。之子于归,远送于野。"[2]西汉卓文君,东汉蔡文姬,唐代薛涛,宋代李清照、朱淑真,等等,这些女作家的创作表现了题材和体裁的开拓,文学创作领域涉及诗、词、散文等各种类型,她们的创作不只局限于狭小的闺阁和家庭,而是走向了广阔的现实生活,打破了传统女性写相思哀愁的局限,创作关涉山水、咏史怀古、歌咏爱情,体现了爱国忧民的意识,对女性文学传统的钩沉与整理,填补了文学史上的女性文学。

中国的封建传统思想倡导"男尊女卑",这种观念根深蒂固,封建伦理色彩十分浓厚,这些都体现在了文学作品中对女性意识的塑造上,如南北朝的"乐府双璧",《孔雀东南飞》中刘兰芝的爱情悲剧,虽然热情歌颂了刘兰芝忠于爱情,但受到封建家长制思想的影响,只能是悲剧。《木兰诗》中的花木兰,虽然赞扬了她替父从军建功立业,歌颂了她英勇作战,体现了反抗压迫的叛逆精神,但作为女性自身的价值是被遮蔽的。这些作品虽

---

[1]徐全直.妇女解放的途径(一九二三年十一月).见《中国妇女运动历史资料》(1921—1927),中华全国妇女联合会妇女运动历史研究室(内部发行),北京:人民出版社,1986:102.

[2]陈铁镔.诗经解说[M].北京:书目文献出版社,1985.

然体现了女性对爱情平等、自由等权利的追求,但在浩如烟海的文学长河中,如同石沉大海,再加上父权制度的影响,不能够激起一层涟漪,女性意识还没有觉醒。"五四"时期,涌现了一大批女性作家,创作了颇为可观的女性文学,某种程度上呼吁女性自身的解放和对自由的追求。

二、西方女性主义文学批评的影响

(一)西方女性主义对中国的影响

1. 女性主义的产生

性别的差异贯穿于历史的长河。18世纪末,工业革命的兴起、城市的发展、法国大革命等为新生资本主义的生产方式提供了方便之门,同时也为人类的生活方式开启了一个新的世界,尤其是妇女,可以走出家门,寻找就业的机会,摆脱对父亲或丈夫的依靠,自己挣钱供养自己。

1789年法国爆发资产阶级大革命,统治了多个世纪的君主制封建制度在三年内土崩瓦解,其中旧的思想观念逐渐被自由、平等、博爱及"天赋人权"的民主思想所取代。这些思想尤其鼓舞了妇女争取平等的愿望,广大妇女组织起来向父权制传统宣战。因为充满激情的妇女们意识到,所谓的民主思想都是男性的专利,女性应该获得与男性平等的权利。

18世纪90年代,奥林普·德古日针对《人权宣言》发表了《妇女宣言》,提倡妇女应该与男子一样享有天赋人权,具有平等的地位和权利。"妇女生来就是自由人,和男人有平等的权利。社会的差异只能建立在共同利益的基础之上。"[1]作者还认为,男人对妇女施与的霸权,是她们在行使自己天赋人权的权利的时候唯一遇到的障碍,应该通过理性与自然法对这些限制进行改革。英国的玛丽·沃斯通克拉夫特发表的《为人权一辩》中,对法国大革命进行公开的支持,其著作《为女权辩护》,批判了女人生下来就是男人附庸物的观点,抨击了卢梭等启蒙作家在妇女问题上的偏见,呼

---

[1] 张岩冰. 女权主义文论 [M]. 济南:山东教育出版社,1998:25.

吁妇女不只取悦于人，要求实行教育、职业的两性平等权利，并全力投入于为女性谋求教育平等和社会平等权利的运动。1859年，英国第一个女权组织成立了"促进女性就业协会"，其中最关键的是给已结婚的妇女们力争获得同男性一样的某些合法的权利和地位，此外还给女孩们力争获得与男孩相同的接受高等教育的权利，给身为人母的妇女们力争获得对孩子的监护权利。1870年，英国通过了《已婚妇女财产法》，妇女有了财产的继承权。[1]

女性主义运动的第一个浪潮，在20世纪初形成，并发展到高潮，在这一阶段，原先在法国出现的"女性主义"这一词语被借用，成为"妇女解放""女权/女性主义"的同义词。接着传到了英国和其他的欧洲国家，甚至传到了少部分的拉美国家，在1910年后于美国开始流行，包括中国在内的非英语国家，在20世纪开始流传feminism一词，汉语有音译为"飞米尼斯主义"的，称其意是"女权主义或男女同权主义"[2]。可以说，19世纪末20世纪初的妇女革命以妇女获得选举权而告终。

2. 女性主义传入中国

法国、英国、美国是传统女性主义理论的主要发源地，对传统女性主义理论发展产生重大影响的三个理论家是法国的西蒙娜·波伏娃，其代表作《第二性》（1949）；英国的弗吉尼亚·伍尔夫，其代表作《一间自己的屋子》（1929）；美国的贝蒂·弗里丹，其代表作《女性的奥秘》（1963）。波伏娃的《第二性》被称赞为"有史以来讨论妇女的最健全、最理智、最充满智慧的一本书"，其中提到的一些观点对西方传统文化产生了重要的影响，比如作者认为"女人不是生就成的，而宁可说是逐渐形成的。在生理、心理或经济上，没有任何命运有决定人类女性有社会的表

---

[1] 罗婷，等. 女性主义文学批评在西方与中国［M］. 北京：中国社会科学出版社，2004.

[2] 林树明. 多维视野中的女性主义文学批评［M］. 北京：中国社会科学出版社，2004.

现形象。决定这种介于男性与阉人之间的、所谓具有女性气质的人的，是整个文明"①等观点对西方传统文化产生了重要的影响，这种以存在主义为哲学基础的理论分析了法国五位作家笔下的女性形象，一定程度上揭示了男作家笔下的被扭曲的女性形象，为以后的女性主义文学批评模式提供了很好的范例，尤其是"女性形象"批评。《一间自己的屋子》中的"一个女人如果要想写小说一定要有钱，还要有一间自己的屋子"是对这部著作的中心概括。并且文中的"双性同体"的观点一直为女性主义者争论不休，这部著作中的"屋子里的天使"需要一个女作家来"杀死"，以女性的视点来创作，可谓其之后女性主义文学批评中女性写作与重写文学史的预言。《女性的奥秘》成为20世纪60年代以来"新女性主义"的宣言，在这部著作中，作者对美国的家庭主妇、医生、律师、学者、专家、编辑等各行各业的人士以及大学的女校友作了广泛的调查，并考证了大量的文献资料，抨击使妇女成为贤妻良母的虚伪论证。这三部著作的出现不仅开拓了人们的视野，也给以往人们对待女性的视点及观念产生很大的冲击，更重要的是女性主义文学批评在此基础上迅猛发展。

女性主义来自于英文feminism一词，最早产生于法国，法文femme，经英美到日本，再从日本传到中国。feminism这个词，最早出现于西方19世纪80年代，20世纪被广泛使用。关于这个词的定义，起初，"'女权主义'……旨在支持男女平等的法律和政治权利。自那时起，它的意义一直处于演变之中，至今仍众说纷纭，莫衷一是。在这里，我将取其最为宽泛的意义，即用它指称所有那些理论或理论家，他们认为性别之间的关系是不平等的，是一方压制另一方，一方服从另一方的；他们认为这是一个政治权利问题，而不是一种自然的事实；并且认为这一问题对于政治理论及实践是至关重

---

① 波伏娃.第二性［M］.（全译本）陶铁柱，译.北京：中国书籍出版社，1998.

要的。"[1]与此同时，出现了自由主义女权主义、激进女权主义等。虽然流派较多，但女权主义有一个共同的目标，即消除两性间的不平等关系。

　　feminism一词于20世纪初传入中国，一词多译，被翻译为"女子主义""男女平权主义""男女平等主义""女权主义""女性主义"等，主要指一种政治或文化的态度。汉译文"女权主义"中的"权"字是人们根据feminism的政治主张和要求而意译出来的。1933年，"女权"与"女权主义"出现在李鼎声编撰的《现代语辞典》[2]，20世纪80年代，feminism一词经常被使用的译文为"女权主义"或"女性主义"，而"女权主义"处于上风地位，被广泛应用。至1992年，张京媛的《当代女性主义文学批评》出版，"女性主义"的使用逐渐占上风，尤其至1995年联合国第四次世界妇女大会召开，更多的学者采用了"女性主义"的译法。大多数人认为这样更符合中国国情，侧重于争取男女之间精神和文化的平等与融和，同时也减弱了西方女权主义的激进色彩。张京媛认为，"'女权主义'和'女性主义'反映了妇女争取解放运动的两个时期。早期的女权主义政治斗争集中于争取赢得基本权力和使她们获得男人已经获得了的完整的主体。妇女的斗争包括反对法律、教育和文化生产中排斥妇女的作法。直到现在，我们的斗争仍然在继续着。在这种意义上它是'女权主义'——是妇女为争取平等权力而进行的斗争。这场斗争同样没有完结。如果我们强调女性主义中的'性别'一词，我们则进入了后结构主义的性别理论时代。……选用'女性主义'一词较为合适，但是这个'性'字包含'权'字，或者说是被赋予了新的涵义"[3]。此观点被当今大多数人所认可。可以说，feminism在中国的使用经历一个女权主义

---

[1] 布赖森. 女权主义政治理论引论（代序）[M]//李银河, 主编. 妇女：最漫长的革命：当代西方女权主义理论精选. 北京：生活·读书·新知三联书店, 1997: 2.

[2] 李鼎声. 现代语辞典[Z]. 上海：光明书店, 1933: 32—33.

[3] 张京媛. 当代女性主义文学批评[C]. 北京：北京大学出版社, 1992: 4.

到女性主义的偏重历程。偏重于使用"女权主义"的学者认为，女性能否走出男权制的樊篱，能否发出自己的声音，做一个具有主体性意识的人，与男性建立差异互补的新秩序，其根本原因还是权利的问题，如教育权、选举权、平等权等等，偏重于政治、经济和社会权利。偏重于使用"女性主义"的学者主要是为了强调女性的视角，以女性立场、女性意识、女性身份、女性美学等，深受西方后结构主义思潮的影响，偏重于文学文化意义上的解放。正所谓的具有政治色彩的性别对立的女权主义和性别意味的性别文化立场的女性主义。"实际上，'女权主义'和'女性主义'在译法上出现的分歧，体现的正是女性主义在批评策略上的'性别／政治'的双重设置。从某种意义上讲，女性主义就是一种以性别为'形构'（formation）的政治话语。"[①]"女性主义可以概括为以消除性别歧视、结束对妇女的压迫为政治目标的社会运动，以及由此产生的思想和文化领域的革命，具体内涵包括政治、理论、实践三个层面。从政治上说，女性主义是一种社会意识形态的革命、一场旨在提高妇女地位的政治斗争；从理论上看，女性主义是一种强调男女平等、对女性进行肯定的价值观念、学说和方法论原则；从实践方面看，女性主义是一场争取妇女解放的社会运动。女性主义实际上是以上三个层面的集合体，无论从哪个层面指称和讨论女性主义，都有其合理性。"[②]女性主义是多样化的、多元化的，其深广的文化内涵形成了一股强有力的文化思潮。

当然也有相关的著作与文章仍采用"女权主义"的用法，如1994年康

---

① 王侃.当代二十世纪中国女性文学研究批判［J］.社会科学战线，1997（3）：157.

② 赵树勤.女性文化学［M］.桂林：广西师范大学出版社，2006：2.原文标注为对女性主义定义的概括参照以下权威性国际辞典：《韦氏新世界辞典》《牛津哲学辞典》《美国学术百科全书》《不列颠百科全书》（12卷）.

正果的《女权主义与文学》①、1998年张岩冰的《女权主义文论》②及2001年被译介的美国贝尔·胡克斯的《女权主义理论：从边缘到中心》③。而女性主义评论家刘思谦则更坚定地倾向于使用"女性主义"，并认为我国的女性主义文学和批评"更多地吸取了弗吉尼亚·伍尔夫的《一间自己的屋子》、西蒙娜·波伏娃的《第二性》和贝蒂·傅瑞丹的《女性迷思》《第二阶段》这些女性主义文论中的女性人文主义思想，而对西方激进的和学院派的'性政治''累斯嫔主义'以及建立在男／女二元对立思维方式上的性别对抗路线则采取了谨慎的既有所认同也有所保留的态度"④。中国化的feminism有其不同于西方的内涵演变，被称作女性主义，不仅凸显了中国本土化的女性主义的特色，更是彰显了其不同于西方的历史文化渊源、思想基础、身份与行为方式等。

在女权主义与女性主义的争议中，也有这样的声音，"由于缺少独立的女权运动这个产生女权主义文学理论的背景，中国无法自己产生以妇女为中心的批评理论，这一理论在中国的出现，是西方女权主义文学理论传入中国的结果"⑤。而李小江认为："女权运动在19世纪末20世纪初就成为国际运动，我们中国妇女在那时就已经同国际'接轨'，只是这段历史被遮蔽了，它从中国公众的历史记忆中消失了。幸存的女权运动见证人使我明白：一个多世纪里有几代中国女性为了自身的解放做过不懈的努力，中

---

①康正果.女权主义与文学[M].中国社会科学出版社，1994.

②张冰岩.女权主义文论[M].济南：山东教育出版社，1998：192.

③胡克斯.女权主义理论：从边缘到中心[M].晓征，平林，译.南京：江苏人民出版社，2001.

④刘思谦.女性文学：女性·妇女·女性主义·女性文学批评[J].南方文坛，1998（2）：16.

⑤张冰岩.女权主义文论[M].济南：山东教育出版社，1998：192.

国妇女在20世纪的进步是妇女自己争来的，而不是任何人恩赐的。"①更不是舶来的，而是伴随着民族革命和社会主义革命一步一步形成与发展的，具有中国本土的特色。

（二）西方女性主义文学批评对中国的影响

20世纪80年代西方女性主义理论对中国理论界的强烈冲击与影响，以1986年为界，传统女性文学研究与新生的女性主义文学批评凸显其不同。

《百年中国女性文学批评》以时间为线索，梳理了20世纪百年（"五四"十年到20世纪90年代）女性文学批评的历程，总结了女性文学（创作主体是女性作家，创作对象以女性生活为主体）创作的规律，即女性文学批评的初始、发展、弱化、消解、复苏、回归。该书认为，女性文学批评或许可以称为"第二批评"，游离于"主流批评"之外，像女性写作一样未能与男性批评并肩。并指出，百年女性文学批评经历了多种批评模式，主要为社会—历史批评、印象式批评、女权主义批评（女性主义批评）。②该著作虽然意识到20世纪80年代西方女性主义理论对中国文学、文化的影响，以此推动了中国的女性创作实践，但仍将女权主义文学批评囊括在女性文学批评中，偏重于两者的联系，未将两者加以区分。

中国的女性主义文学批评一直蕴育于中国的文学批评、女性文学批评之中，并非理论批评的"盲点"。20世纪80年代之前，虽然批评界对男性作家的女性形象、对女性文本并非毫不关注，只是其中女性主义立场的缺席或被遮蔽，使得这种关注没有得到重视。20世纪80年代之后，尤其是中后期，西方女性主义理论专著的译介在我国的传播，中国的女性主义文学批评开始"浮出历史地表"。中国的女性主义文学批评是中国现当代女性文学研究和批评的提升，意在凸显女性视角、女性主义立场，以便对女性

---

① 李小江. 女性？主义——文化冲突与身份认同[M]. 南京：江苏人民出版社，2000：226.

② 王吉鹏，马琳，赵欣. 百年中国女性文学批评·导论[M]. 长春：吉林人民出版社，2001：9—10.

文学传统的重新解读、颠覆与建构，其重在一点，即过去主流文学史中的"空白之页"问题。

正如王绯所分析的中国女性文学中大量的残缺现象：一是作者身世的不可考；二是作品的残缺；三是创作主体标志的残缺。并将女性书写进行两个世界的划分：女民国化的文学书写与女性化的文学书写，认为女民国化的文学书写对应的是"第二世界"，"是新时期女作家对妇女自我世界之外更广阔社会生活的艺术把握，是女作家与男作家处于同一条跑道上所创造的一种不分性别的小说文化"。而女性化的文学书写对应的是"第一世界"，"这个世界的女性书写所展示的都是纯然女性的眼光所观照的社会生活……可以说是女性自我在文学上最直接的表现，具有男作家难以企及的与女性气质和心理机制最为贴近的美学特色，同时也显示出书写主体鲜明的性别路线或性别批判立场（或自发或自觉）"[①]。

20世纪80年代中后期这一阶段，出现了很多具有中国特色的女性主义文学，这是在吸收和借鉴西方的女性主义文学理论之后产生的文本。这些女性主义文学，凸显了女性作为独立个体的主体意识，推翻了以往的男性中心主义思想。这一时期的女性作家，自我主体意识逐步发展，虽然在生理上与男性之间存在差别，但相互之间的关系是平等的。法国女权运动的倡导者波伏娃曾说过："一个人之为女人，与其说是'天生'的，不如说是'形成'的，没有任何生理上、心理上或经济上的定命，能决断女人在社会中的地位，而是人类文化之整体。"[②]她否定历来对女性是"第二性"的看法，在这个时期，女性的觉醒是否定把女性看作父权制社会中被文化符号的产物，是对几千年来被父权统治的命运的抗争。《简·爱》中表达的女性自我意识十分强烈，西方众多的女性主义文学作品和女性主义文学批

[①] 王绯. 睁着眼睛的梦——中国女性文学书写召唤之景［M］. 北京：作家出版社，1995：110.

[②] 波伏娃. 第二性——女人［M］. 长沙：湖南文艺出版社，1986：23.

评著作被译介，带来了女性自我意识的觉醒，对男权的强势进行反抗。伍尔夫在《一间自己的屋子》中，呈现出女性对世界的认知，体现了她们强烈的自我意识。传统的道德伦理与男权文化，对女性造成的压抑、摧残和扼杀，对我国20世纪80年代中后期的作家，尤其是女性作家，产生了很深的影响。

在《玫瑰门》、"三恋"（王安忆系列作品）中，故事的叙述铺展开来的情节，已经开始围绕女性身体呈现的不同的生命进行。在铁凝的《玫瑰门》中，作者写被男子无情抛弃之后的女主人公漪纹，为了在勾心斗角的社会中能有一席立足之地，能在封建大家庭中得以生活，她变化成一朵"充满女人的狡诈与诡计的恶之花"，变得狡诈无耻，阴险毒辣，她一边在努力创造着生活，又一边毁灭着自己。铁凝用自己女性的视角，给我们展现了一个个体的、女性的、充满个性的心理，揭露人性的脉动及其复杂性，从性别的视角，活生生展现出一种女性的生存状态，女性角色下的生活。"'女性文学'有一个重要内涵，就是不能忽略或无视女性的性心理，如果女性文学不敢正视或涉及这点，就说明社会尚未具备'女性文学'产生的客观条件，女作家未认识到女性性心理在美学和人文意义上的价值。假若女作家不能彻底抛弃封建伦理观念残留于意识中的'性=丑'说，我们便永远无法走出女人在高喊解放的同时又紧闭闺门，追求爱情却否认性爱的怪圈。"①这完全能够证明，在那个时期，中国的女性文学已经迈入了对女性性心理描写的展露，中国的女性作家已经走上女性意识的觉醒历程。

三、20世纪80年代对文学史的重新书写

1988年，根据当时对文学历史产生的思考与思想潮流的变化，王晓

---

① 张抗抗，刘慧英. 关于"女性文学"的对话［J］. 文艺评论，1990（5）.

明、陈思和开始对中国现当代文艺作品和文学现象进行思考，并发表一系列文章，直指困扰当代文学史的症结所在。在《上海文论》中推出"重写文学史"专栏，表明了"重新研究、评估中国新文学重要作家、作品和文学思潮、现象"，"要求开拓性研究传统文学史所疏漏和遮蔽的大量文学现象，对传统文学史在过于政治化的学术框架下形成的既定结论重新评价"[①]。这引起社会上广泛的讨论，虽然有批评之声，但是促进了新的文学思潮"重写文学史"的形成。对待怎么重写的问题上，他们试图从历史和审美的角度，注重用"审美原则"的标准去评价作家或作品，反思政治对以往文学史的影响，并付诸了大量的实践。

克罗齐曾说过："一切历史都是当代史。""所谓的'文学史书写'实际上是与现代以来中国的社会发展、政治演变、意识形态变迁有着密切关系的社会文化工程之一部分，'文学史'是一部知识分子书写历史、阐释历史、参与历史的'权力'的一种'确认'。"[②]20世纪80年代的文学界与当时的时代境遇密切相关，文学界呈现"百花齐放，百家争鸣"的思想态势，通常被认为是继五四新文化运动后第二次思想解放运动及文学创作的高潮。围绕"重写文学史"的相关文章中，主要体现出两个基本原则，"一个是多元化、个性化的原则，强调研究者的主体精神的介入……另一个原则是审美的、历史的原则"，在此指导下，对"当代文学"进行比较全面系统的"解构"[③]。

[①] 陈思和.中国现代文学研究展望，见谈虎谈兔[M].桂林：广西师范大学出版社，2001：4.

[②] 林梦晓.浅谈对"重写文学史"的认识与反思[J].艺术科技，2016：29（8）：203—204.

[③] 陈思和.关于"重写文学史"收《笔走龙蛇》[M].济南：山东友谊出版社，1997.

第二节　重写女性文学史的实践

重写文学史，尤其重写女性文学史，在于强调女性立场、女性视角及女性自身的感受，不仅女性作家、学者，也有男性作家、学者参与到对女性文学史的书写行列中。邓利认为"重读文学史"应有三个维度："第一个维度是重新审视文学史上男性作家塑造的女性形象，第二个维度是指女性主义文学批评通过对女性文本的重新梳理，……发掘被宏大叙事遮蔽的女性写作的历史轨迹，重建文学史的大厦，从某种角度也可以说是填补着文学史研究的'空白之页'，使历史不再是缺失女性参与的叙事。第三个维度是女性主义文学批评以自己的解读方式，读解着现当代文学史上的女性写作，……采取女性阅读视觉，寻找女性特有的书写方式，阐发对女性文本隐喻与象征的理解上的共性与亲密关系，敞开被遮蔽的女性写作。"[1]同时，我们也应该重视男性对女作家创作的关注，尤其是男性作家、学者对女性文学史或女性特有文体的书写。如谢无量的《中国妇女文学史》[2]（1916）、谭正璧的《中国女性文学史》[3]（1930）、梁乙真的《中国妇女文学史纲》[4]、曾迺敦的《中国女词人》[5]等。

一、男性笔下的古代女性文学史书写

在浩浩荡荡的新文化运动影响下，中国女性文学欣欣向荣蓬勃发展，关于女性文学的研究更是遍地开花，把目光放到了中国的古代，分析在传统的封建文化之下女性文学作品中的女性形象和潜在的女性意识。

---

[1] 邓利. 新时期女性主义文学批评的发展轨迹 [M]. 北京：中国社会科学出版社，2007：139.

[2] 谢无量. 中国妇女文学史 [M]. 影印本.郑州：中州古籍出版社，1992.

[3] 谭正璧. 中国女性文学史话 [M]. 天津：百花文艺出版社出版，1984.

[4] 梁乙真. 中国妇女文学史纲 [M]. 影印本.上海：开明书店，1932.

[5] 曾迺敦. 中国女词人 [M]. 陈丽丽（整理）.北京：文化艺术出版社，2017.

学者林树明认为："20世纪初到30年代，中国文坛出现了几本颇具影响的'中国古代妇女文学史'专著。这是从事文学批评史或女性文学批评史研究所不应忽略的，也应引以为豪的。"①并进一步指出，虽然女子的诗集等早已有之，但大多是仕人喜好为妇女著史立传，或是到了清末，多数是被收集整理的"名媛""闺秀"等诗集，而真正"将女性作为一个独立的主体纳入文学史研究范畴的中国妇女文学专史的出现"则是在20世纪初。其中《中国妇女文学史》《中国女性文学史》《中国妇女文学史纲》是三本影响力很大的关于古代女性文学史的著作。

谢无量的《中国妇女文学史》，上起人类诞生之初，下到明朝末年，按上古、中古、近世不同时代的单个作家的顺序进行编排，谢无量着重强调《诗经》是妇女文学之祖，考察历代妇女文学，是绕不过去的，但有一条准则就是"旧选咸不录"。到了清代，"女才子""闺秀""名媛"的词集、诗集颇多，可以考证的比较多，不用担心散失的问题。

谭正璧的《中国女性的文学生活》颇受女学生的欢迎，1934年三版时，有所增补，将书名改为《中国女性文学史》。1984年该著作再版时，作者在其书《新版自序》中写道："而我今年已八十有四，体弱多病，尤其双目近于失明，无法亲自动手修订。承蒙周锡山同志热忱相助，除代我检阅全书，提出具体修改意见并协助修订外，又协助我重撰第一章'叙论'的部分文字，向我介绍当代作家的情况。并改名为《中国女性文学史话》。"②2012年上海古籍出版社出版《谭正璧学术著作集》，其中《中国女性文学史话》增补了"女性辞话"部分，名为《中国女性文学史女性词话》。这一开启中国女性文学、女性文学史的重量级著作，多次增补、多次易名。作者指出，前人对《诗经》中类似女性作品的引用评论附议，

---

①林树明. 迈向性别诗学［M］. 北京：中国社会科学出版社，2011：295.
②谭正璧. 中国女性文学史话·新版自序［M］. 天津：百花文艺出版社出版，1984：2.

不是误读，就是杜撰，所以不选取《诗经》，而从两汉魏晋的诗歌和赋谈起，一直到清末。书中增加了小说、唱词、戏曲的分析，打破了前人叙述见解的局限，是一种极大的进步。

梁乙真的《中国妇女文学史纲》，受到谢无量的影响，十分注重上古歌谣描写的女性形象与生活，该书上起周代，下到清朝末年。在内容上，对其他著作查漏补缺，尤其是那些其他书没有提到的文献史料，与已存在的著作追求相异。在体例上，与谢无量的《中国妇女文学史》类似，兼有文学文本与文学史，并且侧重收录平民百姓、无名作家的作品。

而"在民国词史著作中，曾迺敦先生的《中国女词人》，可以说是一部富有时代色彩的专题性词史"①。2017年，由陈丽丽整理的这部女词人专著彰显了鲜明的女性意识，梳理出中国古代妇女生活及文学创作的历史轨迹，涉及女词人创作的背景及想要表达的思想感情，某种程度上揭示了封建社会压抑下女性的生存状态。

可以说，多部男性笔下的女性文学史是对中国女性地位、女性文学创作与批评不断发展的一种表征，尤其对近些年古典文学发掘与审美批评专著不断出现的一种昭示与对照，是中国女性文学浮在地表之下的重要源泉。相信越来越多的古代女作家作品会逐渐被发现与整理，女性文学史的长河会不断拓展，会不断钩沉出更多女作家与精彩之作。

二、女性笔下的女性文学史书写

孟悦与戴锦华的《浮出历史地表》、刘思谦的《"娜拉"言说》、盛英的《二十世纪中国女性文学史》、邓红梅的《女性词史》、任一鸣的《中国当代女性文学简史》、林丹娅的《当代中国女性文学史论》等诸多专著意在重构女性文学传统，钩沉被遮蔽与埋没的女性文学。

---

①曾迺敦.中国女词人［M］.陈丽丽（整理）.北京：文化艺术出版社，2017：14.

1989年，孟悦与戴锦华的《浮出历史地表》，作者站在女性主义立场，运用女性形象批评方法，评论了男性文人笔下的女性形象只是一个"空洞能指"，只是男性"物品化"与"欲望权"的对象。"那些出自男作家手笔的作品，显然充满了比训令更接近日常生活的性别观念，它们在象征和审美意义上，展示了封建社会对女性以及对两性关系的种种要求、想象和描述，也许，再没有哪种角度比男性如何想象女性、如何塑造、虚构或描写女性更能体现性别关系之历史文化内涵的了。"[①]作者从男耕女织、"父子相继"到"人伦之始"，阐述了女性在父权制中被压抑、被损害、被凌辱的现实，认为男耕女织后，不仅仅是社会分工的不同，也是生产资料与生产力上的父子相继，标志着父权制的最终确立。"家庭是父系社会将男耕女织与父子相继联系为一个统治整体的唯一模式。"[②]在古代社会，人伦体现了一种性别之间的差序。"伦，水纹相次之伦理也。在实际使用中，伦所包含的'别'的意义远不如其表示的差序意义重要：伦即主次、上下、尊卑、等级。"[③]通过对父权制传统文化中女性形象的分析，体现了中国特色的女性形象批评，指出了女性形象的空洞能指的本质。

《"娜拉"言说》将中国现代女性的生命体验与生命历程，通过对冯沅君、庐隐、石评梅、冰心、凌叔华、丁玲、萧红、白薇、林徽因、杨绛、苏青、张爱玲这12位女作家的生活经历与创作作品，以"多元视角""注重主体个性"进行"最清晰的叙述、最精细的打磨"，以"最大

[①] 孟悦，戴锦华. 浮出历史地表——现代妇女文学研究·绪论[M]. 北京：中国人民大学出版社，2004：14.

[②] 孟悦，戴锦华. 浮出历史地表——现代妇女文学研究·绪论[M]. 北京：中国人民大学出版社，2004：5.

[③] 孟悦，戴锦华. 浮出历史地表——现代妇女文学研究·绪论[M]. 北京：中国人民大学出版社，2004：7.

的信息量"①进行无法言说的"言说"。在对现代女作家文本的梳理与细读上阐发自己的见解，"显得扎实和脉脉含情，注重经验的描述和体验，在学术方式上是很中国化的"②。正如刘思谦自己所说的："三年来潜心阅读五四以来女作家的作品和有关理论著作，不遑他顾也不想他顾。作品是一个作家一个作家一本一本一篇一篇地读，旁及她们的传记与研究资料。理论是从两性史和恩格斯《家庭、私有制和国家的起源》读起，进而扩展到精神分析、社会心理学、女性心理学和西方女性主义文学理论。"③刘思谦最早接触"女性文学"是因谢玉娥女士《女性文学研究：教学参考资料》④一书请她写序，在这之前，她是与男性同样的立场与视角进行文学研究的，"我当时真的连'女性文学'这个概念也不清楚，从来没有留意过"，于是，她开始走进了女性文学的世界，并在她重新细读与了解现代女性作家的经历与作品时，"心境豁然开朗"，认为这些可比一些男作家的作品有意思多了，并认为女人和女人是心心相通的。"我奇怪自己做了大半辈子女人竟对女人是怎么回事浑浑然一无所知；奇怪自己写了十余年文学评论动不动便是人的发现和觉醒什么的，可是女性的发现女性的觉醒在我的视区里竟是一个大盲点。""我过去用的原来是'无性眼光''无性姿态'。"⑤

　　刘思谦认为，20世纪80年代以来的女性文学研究基本来自对西方女性主

---

① 刘思谦. "娜拉"言说：中国现代女作家心路纪程·再版后记[M]. 开封：河南大学出版社，2007：344.

② 陈志红. 反抗与困境：女性主义文学批评在中国[M]. 北京：中国美术学院出版社，2002：58.

③ 刘思谦. "娜拉"言说：中国现代女作家心路纪程·后记[M]. 开封：河南大学出版社，2007：339.

④ 1990年由河南大学出版社出版。

⑤ 刘思谦. "娜拉"言说：中国现代女作家心路纪程·后记[M]. 开封：河南大学出版社，2007：339—340.

义文学批评的借鉴及阐述，而西方女性主义文学批评与西方的女权主义运动、妇女解放是密切相关的，中国的妇女解放是伴随着中国的社会革命、思想文化革命悄然而生，是被动的，是在外力的推动下运行的，"并不是一支自觉的有自己的性别理论的文学队伍"①。因此，对于中国女性文学的研究应立足于本国的文学文化特色，"重要的是从研究的特点出发，理清思路，有分析有选择地吸取西方女性主义文学理论的合理部分，找到我们自己的女性文学研究的理论基点"②。"从中国女性文学研究来说，《'娜拉'言说》是中国性文学研究'浮出历史地表'之后的开山之作之一。"③

　　刘思谦认为，现代女作家深受中国传统良好思想的同时也接受了西学东渐的五四新文化，而深深影响"五四"女作家的是挪威作家易卜生的著名戏剧《娜拉》，在人的发现和女性觉醒的思潮中，"娜拉的形象可以说是中国现代女性文学的原型"④。她的出走深深影响了一代女性的行为方式，虽然走出去最后"梦醒了可能无路可走"，不是回归就是堕落。或如张爱玲所述说的："走到哪儿去呢？……'走！走到楼上去！'——开饭的时候，一声呼唤，他们就会下来。"⑤但是娜拉的名言"首先我是一个人，跟你一样的一个人"，则成为女性精神觉醒的宣言，从一定意义上

---

① 刘思谦. "娜拉"言说：中国现代女作家心路纪程·引言[M]. 开封：河南大学出版社，2007：18.

② 刘思谦. "娜拉"言说：中国现代女作家心路纪程·引言[M]. 开封：河南大学出版社，2007：18.

③ 傅书华. 河南大学女性文学研究群落述评[J]. 海南师范大学学报（社会科学版）2008（5）：126.

④ 刘思谦. "娜拉"言说：中国现代女作家心路纪程[M]. 开封：河南大学出版社，2007.

⑤ 张爱玲. 走！走到楼上去！沈小兰[M]//于青.上海两才女——张爱玲苏青散文精粹. 广州：花城出版社，1994.

说，现代女作家就是中国的"娜拉"。①家庭历来是女性主要的或是唯一的生活领域，也自然成为女作家文学创作的基本主题。冰心笔下的家庭就是女人的温柔乡，萧红笔下的家是封建父权的冷酷与残忍，在童年，只有外祖父和家里的后花园才是她情感与心灵的慰藉。

  刘思谦进一步指出，娜拉不论是走出父亲的门还是丈夫的门，都得经过沉重而剧烈的心理与经济的压力，这也构成了"五四"女作家创作的心理空间。如萧红从叛逆的女儿迈出了父亲的家门，被父亲开除了"祖籍"，作为萧军"不合格的妻子"，在与萧军的共同生活中不得不三次出走，而每次又不得不默默地回来。②女作家的现实处境就是这样的：踌躇、徘徊、出出进进，不管是谋生还是谋爱，都是非常艰辛的。刘思谦在评析"走出神话的女神"张爱玲时指出，"到了她们（杨绛、苏青、张爱玲，笔者注）这一代，家庭对她们来说已无所谓反与不反，无所谓眷恋徘徊抑或憎恨厌恶。家庭是女人的生存现实，结婚嫁人生儿育女是她们命定的天职"③。她们坦率承认"女人最怕'失嫁'"，承认"用丈夫的钱是一种快乐"，认为职业妇女"很辛苦的工作，以爱为职业的女人很容易把她们的丈夫抢了去"④。与以往女作家不同，张爱玲小说世俗化创作的一大特点就是"女人通过谋爱来谋生"，"这在中国女性分析乃至整个中国文学中是一条开创性的和寂寞的路"⑤。《倾城之恋》之"倾城"是真的，但是这一

---

① 刘思谦. "娜拉"言说：中国现代女作家心路纪程［M］. 开封：河南大学出版社，2007：14.
② 刘思谦. "娜拉"言说：中国现代女作家心路纪程［M］. 开封：河南大学出版社，2007：14.
③ 刘思谦. "娜拉"言说：中国现代女作家心路纪程［M］. 开封：河南大学出版社，2007：321.
④ 刘思谦. "娜拉"言说：中国现代女作家心路纪程［M］. 开封：河南大学出版社，2007：321.
⑤ 刘思谦. "娜拉"言说：中国现代女作家心路纪程［M］. 开封：河南大学出版社，2007：333.

"恋"却有着说不出去的苦楚之美。张爱玲笔下的白流苏，当显贵的白家没落的时候，她的母亲给她找了一个现在来说就是暴发户的富商家的纨绔子弟，本想从父家到夫家，可以不用再面对哥嫂的嫌弃，但到夫家又要受到丈夫的背叛，公公和姨娘的斥责，说她不能管好自己的丈夫，娶她不仅是为了给夫家在富的基础上增添贵的气息——富贵，也是为了让儿媳管住独子不再混迹于灯红酒绿。在白流苏委屈地回到娘家时，又要面对哥嫂的不待见，说她在家增添了家里的负担，饭钱也是不少的开销，夫家与父家都不能容她，当娘家不能再住时，白流苏何去何从？是为离婚多年的"死掉的那位"守寡还是去香港投奔范柳原？她心理的凄凉与苦涩又向谁人说呢？"以谋爱来谋生"的白流苏与范柳原的结合，对白流苏来说，并不能说是爱情的胜利，而是"香港的陷落成全了她"①，白流苏承认自己和范柳原在一起的目的"究竟是经济上的安全"②。也正如张爱玲在《谈女人》中所说的："以美好的身体取悦于人，是世界上最古老的职业，也是极普遍的妇女职业，为了谋生而结婚的女人全可以归在这一项下。"③而作为范柳原来说之所以选择白流苏，一是对她还是有些爱，另一个是人面对战争的废墟，心情是无牵无挂的空虚绝望，有家不可回，也许家也不存在了，自己的性命更是朝不保暮，"人们受不了这个，急于攀住一点踏实的东西，因而结婚了"④。

在批评实践中，刘思谦注重将思维的重点放在具体文本上，重"例

---

① 张爱玲. 倾城之恋［M］北京：北京十月文艺出版社，2012：201.

② 张爱玲. 倾城之恋［M］北京：北京十月文艺出版社，2012：192.

③ 张爱玲. 谈女人［M］//沈小兰，于青. 上海两才女——张爱玲苏青散文精粹. 广州：花城出版社，1994：74.

④ 张爱玲. 烬余录［M］//沈小兰，于青. 上海两才女——张爱玲苏青散文精粹. 广州：花城出版社，1994：367.

外"①在刘思谦看来，西方女性主义文论只是一种"阅读的视点"，同时她也采用了"以性别阅读为视点"②的方法，能见以前之未见。同时，她也指出，阅读者也要看对象的实际，并不是千篇一律地采用性别阅读的视点，对有些作家的作品可以有稍微的变动，如林徽因和杨绛等的一些作品。"妇女问题是一个社会的历史的文化的问题，无论她们自己是否意识到作为一个女人而说话，无论她们说什么和怎样说，女性写作的根都深植于社会的历史的文化的土壤之中。"③刘思谦注重从具体的社会、历史、文化的土壤中发现女性、言说女性，逐渐明确了"社会历史的与文化心理的综合分析的方法论"，进而"回到女性文学作品本身和回到女作家本人"④。因而，《"娜拉"言说》始终立于传统的社会历史文化批评方法，以史钩沉女作家创作的心路历程，更体现了本土的特色，立场与言辞都比较和缓，孟悦、戴锦华的《浮出历史地表》更多地运用了西方解构主义、心理精神分析学、符号学等理论颠覆中国父权统治，让一个个女作家作品浮出。

刘思谦认为，女性文学研究是体验女性的血肉之躯与聆听灵魂之声音，基本上是将"作家生平身世"与"文本分析"相结合，"有的是由作家看作品或由作品看作家，如冯沅君等；有的则分为身世论与作品论两部

---

① 刘思谦."娜拉"言说：中国现代女作家心路纪程·引言［M］．开封：河南大学出版社，2007：21."事实的好处就在'例外'之丰富，几乎没有一个例子没有个别分析的必要"，见张爱玲：《走！走到楼上去！》，《张爱玲散文全集》第88页，浙江文艺出版社，1992年版。

② 刘思谦."娜拉"言说：中国现代女作家心路纪程·引言［M］．开封：河南大学出版社，2007：21.

③ 刘思谦."娜拉"言说：中国现代女作家心路纪程［M］．开封：河南大学出版社，2007：22.

④ 刘思谦."娜拉"言说：中国现代女作家心路纪程·引言［M］．开封：河南大学出版社，2007：22.

分，如萧红"①。通过细读文本来探寻女性心灵的呈现与作家生平身世背后的心路历程的剖析构成了《"娜拉"言说》的横纵坐标图，希望这种按历史顺序进行排列的作家作品的论述，能理出某种历史的脉络。"单纯的心灵世界的强度被进一步凸现"；而在那两者处于不同意识或不同价值层面的不相和谐的作家那里，"主体性的心灵构架就得以完整呈现"，"点线纵横的结合使本书对现代女作家们的心路历程的纪录获得了一种多层次多向度富于流动感的鲜活品格"②。

刘思谦在对作家生平的细致分析上，不同于以往评论家对现代女作家的分析，凭着同为女人，与女作家心心相通，她对现代女作家创作的心理历程进行了十分细腻的发现与挖掘，钩沉出女作家鲜为人们所闻的史料，这也为后人重新发现与研究现代女作家作品提供了真实而全面的素材。同时，总结出它的价值目标，就是女性文学研究应是人的全面的、彻底的解放，女性视角应与传统的社会历史文化的视角相结合，在面对批评对象时，将二者有机结合，女性视角的解读是对传统正宗文学史和传统批评的延续与补充、深化。"刘思谦试图在传统批评和女性主义批评之间找到一种契合或平衡，希望二者可以兼容并存，这一理论思路在她的批评实践中得到了较充分的体现。"③

同时，也应该注意到，刘思谦的性别视角最后受到了"女性人文主义"极大的牵引，她的批评一直认同普遍性的价值观。"女性主义阅读视点，使我意识到了女性的命运同社会压抑、同人类专制与不平等的起源的关系，意识到了女性社会权利的解放和精神的解放同真正意义上的历史进

---

① 刘思谦. "娜拉"言说：中国现代女作家心路纪程·引言［M］. 开封：河南大学出版社，2007：22.

② 陈柏林. 视角的凯旋：娜拉也是女人——评《刘思谦"娜拉"的言说——中国现代女作家心路纪程》［J］. 中国图书评论，1995（1）：41.

③ 刘思谦. "娜拉"言说：中国现代女作家心路纪程［M］. 开封：河南大学出版社，2007：62.

步的关系。"①在刘思谦的《中国女性文学的现代性》一文中,这一观点越来越明朗,她此文中定义了"女性人文主义",将人文主义思潮与女性文学创作、研究相联系,并以这一价值立场分析了"女性"与"妇女""女性文学"与"妇女文学""女性主义文学"等,从中国女性探寻建构女性主体的价值角度,总结出"人——女人——个人"这一脉络,最后得出的论点认为,应该以"女性人文主义思想作为女性文学批评的理论基点、价值目标的理论前景"②。

在《"娜拉"言说》中,刘思谦指出,女性文学应与人性、个性同命运,与历史进步同命运。在《中国女性文学的现代性》中,她对此加以补充,"女性与女性文学,和人性的完善、个性的解放、和民主、自由、平等、文明、进步、和平、发展这些人类共同珍惜的价值观念同命运,和女性人文主义价值的全面实现同命运"③。并将对现代女作家的研究视野延伸到新时期以来的女性写作,指出女性文学具有历史性与现代性,"它是在一定历史条件下产生的具有现代人文价值内涵的女性的新文学",具体地说就是现代的具体的作为人的女人和作为女人的人。前者所界定的是"女人是人",后者所界定的是"女人是有她与生俱来的自然性别的人"④。刘思谦认为,这样就可以把"男女都一样"(忽视自然性别)和"男女不一样"(强调性别差异)统一于女性人文主义的价值目标下,也是"五四"所倡导的对人的发现、对女人的发现。她最后总结出女性人文主义:"将启蒙理性的人文主义向女人关闭的一扇大门打开,以人文理想的价值之光和无穷思爱的神性光辉朗照被压抑被遮蔽被曲解的女人生存之真女人的个人真实性,

---

①刘思谦."娜拉"言说:中国现代女作家心路纪程[M].开封:河南大学出版社,2007:22.
②刘思谦.中国女性文学的现代性[J].文艺研究,1998(1):90.
③刘思谦.中国女性文学的现代性[J].文艺研究,1998(1):91.
④刘思谦.中国女性文学的现代性[J].文艺研究,1998(1):92.

和女作家们一起以澄明的女性之思展开女性作为人的主体性的无限可能性。女性人文主义不是启蒙理性人文主义的对立面，而是它的必要的丰富和发展。"[1]可以说，这一批评理论贯穿于她的批评实践中。

在20世纪80年代之前，女性主义批评的焦点集中在具体历史文化语境上，态度温和，处在一种既批评又兼容的立场，在受到西方女性主义批评方法影响后，中国的女性主义批评，开始了以女性主义理念为基本点的颇具鲜明的书写样式，来颠覆传统的男性话语，重新建构文学中的女性活动历史。其中很有代表性的著作是林丹娅的《当代中国女性文学史论》，她论述的侧重点是当代中国女性作家创作上的历史轨迹，而不单纯针对具体的作家个体或群体的作品进行论述与比较，基于女性社会性别的视角，来凸显男性与女性受到社会文化因素的影响。该著作用分散又具有逻辑联系的七章，本着"女性书写"的独特文学历史，论述中国女性文学。作者以词语结构、故事叙述、话语权力、成规与想象为切入点，来回顾、展现、建构在文学历史中的女性话语，正如林丹娅在书中提到："这不是一部断代史——她从历史混沌处而来，穿贯时空，于空白处，于无声处，鲜活而来，呈现她被塑的苦难与挣脱的意向——一个女性生命让我们重新认识的动态过程。"[2]

第三节 重写女性文学史的反思

一、女性文学的历史源远流长

"真正意义上的中国女性文学诞生于'五四'文化运动之中。这是一

---

[1]刘思谦.中国女性文学的现代性[J].文艺研究，1998（1）：100.
[2]林丹娅.当代中国女性文学史论[M].厦门：厦门大学出版社，2003.

个不争的历史事实。"[①]但在中国历史的发展进程中，女性作家和描写女性的作品层出叠见。笔者在"父权制下被遮蔽的女性文学传统"一节中提到中国传统文学中的女性作家和有关女性形象的文学发展脉络，最早上溯到《诗经》。随着中国封建礼教的变化发展，妇女一直处于从属地位，尤其经过宋明理学的强化，到明清时期发展到顶峰。

16世纪，明代李贽（1527—1602）首先提出反对"夫为妻纲"等一系列男女平等的主张，清代的李汝珍（约1763—1830）在《女儿国》中对男女平等怀有良好的愿望。"'女权'一词在中国最早出现于1900年。同年3月，《清议报》刊登的根据日本福泽谕吉的文章翻译的《男女交际论》的序言里有'（福泽）'先生喜言女权；该年6月日本石川半山翻译的《论女权渐盛》刊登在《清议报》上。"[②]19世纪末20世纪初，开展了"不缠足、兴女学"的妇女运动，妇女解放和中国的社会改革紧密联系，沈雁冰、周作人、胡愈之等在《妇女问题研讨会宣言及简章》（1922年）中提出："在居人类半数的女性人格尚不被正确的认识，尚不曾获得充分的自由，不能参与文化的事业之前，人类无论怎样进化，总是不具的人类；文化无论怎样发达，总是偏枯的文化。所以妇女问题，是世界全人类最重大的问题，不仅是一部分的人类的问题。"[③]

中国妇女解放所借助的社会资源主要不是女权主义，而是民族主义和社会主义；思想源泉不是女权主义，而是马克思主义；中国的妇女解放运动具有男人参与和扶助妇女解放的传统；中国妇女群体社会地位高于世界上很多国家的妇女，甚至高于西方社会的妇女。中国妇女解放是男女两性

[①] 阎纯德. 论女性文学在中国的发展[J]. 中国文化研究，2002（2）：131—142.

[②] 王琳. 真理缝隙中的生存：当代文学中的女性形象[M]. 北京：中国社会科学出版社，2010：45.

[③] 中国妇女运动历史资料（1921—1927）[M]. 中华全国妇女联合会妇女运动历史研究室（内部发行）. 北京：人民出版社，1986：55.

共同奋斗的结果，正如李大钊在《现代的女权运动》中所指出的："二十世纪是被压迫阶级底解放时代，亦是妇女底解放时代；是妇女寻觅伊们自己的时代，亦是男子发现妇女底意义的时代。"[1]而当今，妇女解放的根本问题，是自身的精神解放，是人生价值的实现。妇女如果没有文化意义上的、精神层面的自身解放，其解放层次是浅的，是不彻底的。

秋瑾是这一时期最著名的妇女运动领袖，她于1907年在上海创办了中国第一张女报《中国女报》，大力宣扬男女平权的主张，并提出了婚姻自由、反对女子缠足、提倡女学和主张妇女经济自主、妇女走向社会等思想。并在发刊词里说："我中国女界之黑暗何如？我女界前途之危险更何如？予念及此，予悄然悲，予抚然起，予乃奔走呼号于我国同胞姐妹，于是而有《中国女报》之设。"[2]又如梁启超、金天翮等呼吁男女平等、婚姻自由、女子教育，主张兴办女学，强调"欲强国，必由女学"，奠定了近现代中国女权运动的思想基础。1898年，中国人创办的第一所女子学校——"经正女学"在上海建立，开启了近代女学的序幕，1902年，蔡元培创办爱国女学，1920年，北大正式招收女生，随后，各大学效仿之。梁启超指出"妇人各得其自有之权"[3]。金一（金天翮的笔名）的《女界钟》（1903）是中国第一部提倡女权的妇女专著，系统地论述了妇女权益问题，热切呼唤妇女解放，可谓女权主义的代表作。

新中国成立后，"时代不同了，男女都一样，男同志能做到的事，女同志一样能做到""妇女能顶半边天"，作为强大的意识形态话语，女性开始在服饰和发式等方面抹去自己的性别特征，女人的雄化、无性化，成

---

[1] 李大钊. 现代的女权运动 [M]. 见《中国妇女运动历史资料》（1921—1927），中华全国妇女联合会妇女运动历史研究室（内部发行）. 北京：人民出版社，1986：49.

[2] 林树明. 女性主义文学批评在中国 [M]. 贵州人民出版社，1995：267.

[3] 参见《饮冰室合集·合集》。

为女性确定自我价值的标尺，导致女性的性别认同发生错位。女人走出家庭，鲁迅时代的娜拉走后怎样？——"娜拉或者也实在只有两条路：不是堕落，就是回来"，"还有一条，就是饿死了，但饿死已经离开了生活，更无所谓问题，所以也不是什么路"①。"所以为娜拉计，钱，——高雅的说罢，就是经济，是最要紧的了。自由固不是钱所能买到的，但能够为钱而卖掉。"②而新中国成立后的娜拉们往往处于家庭与事业的双层压抑与挤压中，这重重的、疲惫的角色使女人往往失去了自身，陷入"做人"与"做女人"难以两全的文化处境。因为女人一旦性别被遮蔽了，到底会成为什么，是变得更加有意义了呢，还是徒然地葬送掉了意义本身？"一个人之为女人，与其说是'天生'的，不如说是'形成'的。没有任何生理上、心理上或经济上的定命，能决定女人在社会中的地位，而是人类文化之整体能产生出这居于男性与无性中的所谓'女性'。"③

五四新文化运动时期，是女性意识广泛觉醒的时期，在秋瑾等女权运动者的积极倡导之下，新旧思想产生激烈碰撞，女性在社会生活的很多方面逐渐显露头角。在封建传统观念中，女子是男子的附庸，而到了新文化运动时期，女性已经对传统的"父母之命，媒妁之言"提出了质疑，并有很多女性勇敢地迈出追求爱情的一步。如女作家冰心，不满家人强行安排的婚事，就到中央军事政治学校的政治部接受培训，后来又跟随北伐军队

---

① 鲁迅. 娜拉走后怎样. 见王培元. 鲁迅作品新编[M]. 北京：人民文学出版社，2010：409.

② 鲁迅. 娜拉走后怎样. 见王培元. 鲁迅作品新编[M]. 北京：人民文学出版社，2010：410，411.

③ 波伏娃. 第二性——女人[M]. 桑竹影，南珊，译. 长沙：湖南文艺出版社，1986：23.《第二性》原书分为前后两集。这个版本的只是全书的第二季，原题为《今日妇女之生活》，第一集题为《事实与神话》，据出版者的说明，因"较偏重于艰深的学术理论，译者未加翻译"，现全译本为陶铁柱译的《第二性》，中国书籍出版社，1998年出版。

一路北上。一波三折的是，她一旦回到家里，就被家人严加看护，想要说服她接受婚姻大事的安排。不过，她一直努力抗争，在强烈抗争多次之后，终于摆脱了包办婚姻的命运。①又如女作家萧红，对家庭包办婚姻十分不满，逃离故乡呼兰县，先是逃到哈尔滨，后来又南下。②还有很多作家，反思千百年来女性遭受的命运，用文字探讨女性的命运抗争该何去何从，这对传统父权制下的女性文学来说，是一种极大的进步，并对后来的女性文学产生了深远影响。

二、文学史中的女性缺失

纵观我国古代文学史，能够得以载入史册、被广泛熟知的女性作家寥寥，不过就蔡琰、卓文君、李清照、朱淑真等人。明清以后，男性学者有意识地对女性创作进行了编撰、结集工作。历史上存在着女性的文学创作，只是多数被性别筛选机制掩盖了，这可能是女性在文学史上集体"显性缺席"现象。出现这一情况的原因，并不是女性作家毫无作为，没有对文学史的发展作出自己的贡献，这也并不能真实反映女性作家的创作在文学史上的地位。

在讲究尊卑秩序、文化由男权主导的背景之下，妇女的成就，不自觉地被忽略。古代女作家的文学创作，也取得了很大的成就。唐朝伴随诗的兴盛，很多女性加入到诗歌创作的潮流，上官婉儿、薛涛、鱼玄机等，她们在诗词的发展上都作出了自己的贡献。但是，谈起唐朝诗歌的发展阶段，经历了初唐、盛唐、中唐、晚唐四个时期，而在每个阶段里，都看不见女性的影子。这些是在文学史上对女性文学的不重视，根源于妇女的社会地位，导致她们创作的作品也遭受了不公允的对待。

"女子无才便是德"，这个观点提出之后被广泛传播流行，影响了传

---

① 谢冰莹. 女兵自传［M］. 北京：中国华侨出版社, 1994.
② 葛浩文. 萧红评传［M］. 哈尔滨：北方文艺出版社, 1985.

统对女性受教育问题的看法。"女子无才便是德"的本意是指，女子掌握文化知识能够深明大义，贤良淑德，固然很好，但又担心女子认识字后，被一些曲本小说误导，动了邪念，这反而不如没有文化知识。本来的意思是强调德行修养，后来被曲解了，导致整个社会的女性都笼罩在这个文化阴霾之下。这与女子缠足的观念共同束缚着女性。中国传统的女性教育，主要内容围绕着"三纲五常""三从四德"展开，重在培养贤妻良母型的女性，这就导致中国古代的女子接受文化教育显得并不重要，而且在教育的培养上，女子没有去私塾学校读书学习的机会，这进一步导致女性在文学史上的缺席。

现代以后，进入文学史叙述的女性作家大大增加，然而同样存在着女性缺席现象。有学者发现，新中国成立后作为高校教科书权威版本的《现当代文学史》（1984年前），"女性缺席"的现象随处可见。"疏离主流文化的女性作家作品的明显缺失"，如张爱玲、苏青、凌叔华、林徽因在上述文学史中隐没不闻。女性作品的缺席，指被纳入文学史的女性作家的作品残缺不全，譬如有关丁玲的章节也只突出她的《水》《太阳照在桑干河上》而贬低或不提她的《莎菲女士的日记》与《我在霞村的时候》。还存在一种"隐性缺席现象"，即女性批评话语在文学史叙述中的缺席，只有合乎男权文化想象，合乎主导意识形态标准的女性作家和作品才能获准进入文学史，而对这些作家作品的评价完全套用男权标准。① 即使随着社会的变革，女性地位逐渐提升，女性作家作品层出不穷，女性文学史的书写专著也相继出版，如盛英的《二十世纪中国女性文学史》等，但在相关理论著作中，仍存在较为浓重的父权色彩，在悠悠历史长河中，女作家作品在中国文学史中所占比率仍然不高，并不能还原历史的本来面目。

"女性缺席现象"反映出男性作家在创作中无法中立地看待问题，他

---

① 赵树勤. 找寻夏娃——中国当代女性文学透视[M]. 长沙：湖南师范大学出版社，2001：14—18.

们不具备女性意识,自然无法具有像女性作家一样的情感体验,也不能完全站在女性的视角去看待世界。女性作家在文学史中缺席,一方面是受父权制压迫的影响,另一方面则是女性话语权的缺失。在中国文坛,女性作家的创作及影响可以与同时期的男性作家相媲美,只是她们当中的绝大部分人因为性别的原因被筛选了出来,并没有像男性作家一样载入史册,名流千古。女性主体地位的确立,并不是想同男性相抗衡,而是寻求一个公正、平等的权利,还原历史的本来面目,让女性和男性犹如舒婷笔下的"橡树"和"木棉"并列前行,让女性文学成为历史中浓墨重彩的一笔,而不是依附于男性作家为中心的点缀之笔。另外,中国的女性文学史经历了一个被遮蔽到逐渐显现的发展历程,可以发现,人们对古代、近代的女性文学史关注不够。

长期以来,女性问题一直处于边缘,得不到重视,直到女性意识逐渐觉醒,对中国传统文化进行深刻反思,一方面,吸收西方先进的文学理论;另一方面,对中国女性文学进行思考和尝试。中国的文化发展经历了多次外来思想介入的冲击,在流失与重建中,不断构建新型的文学理论形态。[1]梁启超、康有为等人努力推动的不缠足会、女学堂、女学报等成为一道亮丽的风景,思想上的革新动摇了根深蒂固的女性传统。中国妇女解放运动是学习西方民主自由的思想后推进的,所以有学者持有这样的观点:"中国近现代女性的解放,是西方文化压迫的结果。"[2]谢无量的中国第一部女性文学史——《中国妇女文学史》,就是在此背景下出现,他强调男女之间的平等权利,第一次从文学史的角度肯定女性文学的价值。

---

[1]刘梦溪.百年中国:文化传统的流失与重建[J].新湘评论,2007:8(1):1—8.
[2]王富仁.从本质主义的走向发生学的——女性文学研究之我见[J].南开学报,2010(2).

第四章　和谐期许的性别诗学

在20世纪80年代末，女性主义文学批评生成了一种"性别理论"。无论中西方，"性别问题已成为继阶级问题、民族问题之后的又一突出的社会问题"[①]，阶级、性别和种族成为一些批评家的立足点和出发地。女性主义文学批评与文化研究在20世纪90年代紧密结合，女性主义批评发现传统女性写作和批评存在缺乏性别视角的不足，性别维度的单一可能会使女性写作与批评缺乏一定的立体感与深度，性别成为文化研究的一个重要支撑点，性别写作源于女性写作的话题，性别越来越成为关注的焦点。"从某种意义上说，女性主义文学批评研究的重心从'女性'到性别的转换是伴随着90年代文艺学研究重心从'文学'到'文化'的转向而产生的。"[②]一些女性批评家、学者的著作用名也从"女性""女作家"转换成"性别"，如陈顺馨的《中国当代文学的叙事与性别》、李玲的《中国现代文学的性别意识》等。

20世纪90年代中后期，个人化写作、身体写作受到质疑、被利用，遭致非议。女性写作遭遇了困惑与迷茫，部分女性作家也在回避性别意识的写作，陈染的"超性别意识"（个人化写作的代表作家陈染能提出这个问题与她的创作还是有一定悖论的）引申出"超性别写作"。可以说，中国的女性写作与研究经历了"女性""性别""超性别"的历程，关于性别写

[①] 林树明. 女性主义文学批评在中国 [M]. 贵阳：贵州人民出版社，1995：390.

[②] 王艳峰. 从依附到自觉：当代女性主义文学批评研究 [M]. 上海：上海交通大学出版社，2009：150.

作与超性别写作的论争成为相关研究的一大话题，而在论争与研讨中，不管是男性作家还是女性作家、批评家、学者都在试图寻求一种折衷主义，性别诗学应运而生，这也与中国的女性主义批评缺乏自身理论建构有关，不论作家还是批评家提出的一些观点缺乏一定的系统性，都努力找寻一种和谐的女性主义文学理论。"性别诗学往往呈现出女性主义批评的价值取向"[1]，"性别诗学并不否认性别话语外的其他话语的存在"[2]，"性别批评既汲取女性主义批评关于性别与性别论争的研究成果，也可以考虑那些并未探讨'性别'范畴的理论家对诸如阶级、种族、时代及经济等因素进行研究的成果"[3]。可以看出，林树明指出的性别批评不仅限制在性别问题的范围内，并认为作为创作的作者与参与阅读的读者不仅具有"性别"属性，也具有多样化的属性，这样作家才能创作出更多样的作品，展现多元的世界。据笔者所见，以"性别诗学"为关键词命名的专著有人类学家叶舒宪的《性别诗学》[4]、林树明的《迈向性别诗学》[5]；相关论文主要有万莲子的《性别：一种可能的审美维度——全球化视域里的中国性别诗学研究导论》[6]、任一鸣的《社会性别与性别诗学——女性（主义）文学批评笔

---

[1] 林树明.女性主义文学批评在中国[M].贵阳：贵州人民出版社，1995：394.

[2] 林树明.女性主义文学批评在中国[M].贵阳：贵州人民出版社，1995：392.

[3] 林树明.女性主义文学批评在中国[M].贵阳：贵州人民出版社，1995：391.

[4] 叶舒宪.性别诗学[M].北京：社会科学文献出版社，1999.

[5] 林树明.迈向性别诗学[M].北京：中国社会科学出版社，2011.

[6] 万莲子.性别：一种可能的审美维度——全球化视域里的中国性别诗学研究导论（1985—2005大陆）（上）[J].湘潭大学学报（哲社版），2005（6）.
万莲子.性别：一种可能的审美维度——全球化视域里的中国性别诗学研究导论（1985—2005大陆）（下）[J].湘潭大学学报（哲社版），2006（1）.

记之二》[1]，还有刘思谦、乔以钢等评论家主要从女性文学研究方面对性别诗学给予关注。另有一些女性主义文学批评专著以单章节对性别写作、超性别写作、性别诗学加以阐释，指出其提出的背景与渊源、呈现的主要特征及对性别诗学走向的不确定与迷茫，性别诗学还在路上。

笔者在查阅相关资料，并对不同学者的观点进行对比后，认同林树明在《迈向性别诗学》中对"性别诗学"的界定，即："性别诗学（gender poetics）以性别价值取向为基本分析要素，把社会性别作为社会身份的重要组成部分，将性别差异作为文学研究的基本坐标，对文学艺术中的性别因素作诗学层面的解析、研讨，研究作者、作品及接受性别角色的复杂性，探讨由性别、种族、阶级、时代及经济等因素所铸成的性别角色与身份之间的交叉与矛盾，挖掘男女两性特殊的精神底蕴和文学的审美表达方式，并试图说明其产生缘由，突出文学的'性别'性和两性平等价值。"[2]这一界定，一方面扩大了性别诗学的界线，同时也扩大了诗学理论的研究范围；另一方面，将性别研究与文学研究紧密结合，彰显了诗学价值的同时，也为文学、文化的研究领域提供了一个全新的视角。

第一节 先天生理与后天语境——女性独特的个体存在

一、生理性别与社会性别

女性文学、女性主义或女性主义批评之所以走向困境，受到大多数人的诟病，不是因为它来自西方，而更多的是因为它对性别的排他性，走向单面化。"性别"对"女性"的代替成为女性文学研究的关键词[3]。性别既

---

[1] 任一鸣. 社会性别与性别诗学——女性（主义）文学批评笔记之二 [J]. 海南师范学院学报（社会科学版），2004（7）.

[2] 林树明. 迈向性别诗学 [M]. 北京：中国社会科学出版社，2011：149.

[3] 刘思谦. 性别：女性文学研究的关键词 [J]. 洛阳师范学院学报，2005（6）.

包括女性也包括男性，性别写作应该包括女性写作与男性写作，而不应该将性别写作局限于女性的视阈。不能谈性别色变，不能拒绝性别写作，只有男性与女性共同参与创作的文学才应该是完整的。"性别写作应该指具有性别意识的写作，或写作中流露出性别意识。它包括女性写作，当然也应该包括男性写作。""在性别差异、性别矛盾突出的社会中，性别写作的研究，将是认识性别社会历史和现状的一种实用的手段，也将是推进性别社会趋于合理的一种社会改革力量。但性别写作应有的多元含义，并不应该变成特指女性写作，更不意味着凸现女性自然性别特征的写作。"[1]有学者指出："对性别差异的研究也许就是我们这个时代从理智上获得拯救的关键课题。"[2]"在新旧之交的这十来年时间里，伴随着'社会性别'这个概念的译介与普及，女性主义理论研究的关键词逐渐由'女性'而转向'性别'。"[3]

在女性主义文学批评的相关著作与论文中，对性别——生理性别与社会性别都有不同程度的探讨，并给予高度重视。更多的原因在于有研究者指出："学术界在经历了'寻找'和'发展'女性创作主体的阶段、以女性的经验和语言为中心的文本分析阶段之后，正在进入多焦点的、强调性别平衡的学术观阶段。"[4]性别、性别差异、性别平衡究竟是怎样的，是生理构造上的生理性别，还是在历史文化中建构的、具有社会行为规范的社会性别，如果是后者，它又是怎样被建构的，并在女性主义文学批评中有

---

[1] 周乐诗. 笔尖的舞蹈——女性文学和女性批评策略 [M]. 上海：上海外语教育出版社，2006：68.

[2] 张京媛. 当代女性主义文学批评 [C]. 北京：北京大学出版社，1992：372.

[3] 刘思谦，屈雅君，等. 性别研究：理论背景与文学文化阐释 [M]. 天津：南开大学出版社，2010：3.

[4] 周颜玲. 有关妇女、性和社会性别的话语 [M] // 王政，杜芳琴主编. 社会性别研究选译. 北京：三联书店，1998.

何重要的意义？这些问题值得我们思考。

  西方的女性主义研究者在20世纪70年代后期，开始侧重"性别"这一概念。她们发现，从词源上讲，种类（genre）和性别（gender）是一种类别，属于同一词根，进而她们把性别进一步分解，变成了自然性别（sex）和社会性别（gender）两部分，自然性别是天生的生理性别，社会性别则是后天形成的，在男性权力为中心的社会意识形态下，对人的强制性的文化设定。自然性别（sex）和社会性别（gender），个别出现的时候，由于语境不同，不同理论家对其使用上有时也不同，"sex"翻译为性、性别或生理性别，而"gender"翻译为性别或社会性别。

  性别与文学是没有必然性的联系的，它只是文学作品中的一种构成因素，是通过具有社会性别的作者功能这个媒介来实现，性别不同的作者，由于他们不同的心理情感体验、心理功能和性别经验，往往会把自己的性别观念投射到文学创作中，在一定程度上影响着文本创作。中国女性文学研究者在20世纪90年代以来，开始注意到性别内涵问题，在他们的一些论文和专著中，开始从性别这一新的角度来对比男女两性文本中不同的性别内涵，像《两性写作与女性在文本中的命运——从凌淑华的〈酒楼〉到丁西林的〈酒后〉》，对小说（女性原著）和话剧剧本（男性改编）中的典型个例进行对比，揭示其中不一样的性别内涵。刘慧英在分析了贾平凹的《废都》、张贤亮的《习惯死亡》和《男人的一半是女人》等小说之后，在她的女性文学研究专著《走出男权传统的樊篱》中指出："菲勒斯中心意识对不少作家来说至今仍然是一道非常强大的紧箍咒，使他们远未达到一种超越世俗实例或偏见的自在自为境界。"[①]这里提到的"偏见"，便是社会性别的偏见。

  在人类历史进程中，首先出现了社会分工不同，家庭中女人生育孩子，那么照顾孩子，从事家务劳动被认为是女人的本分事务，男主外、女主内约

[①] 刘慧英. 走出男权传统的樊篱[M]. 北京：三联书店, 1996: 159.

定俗成。同时,社会分工又不同,与女人相比,男人的工作被认为是更重要的,女人的工作处于从属的、次要的地位,从而不平等的价值观念形成了男女不平等的现象。这一发展历程蕴含着男女之间的差异不仅仅在于生理的性别差异,更在于文化上的社会性别差异,这也再次证实了波伏娃的那句名言:"一个人之为女人,与其说是'天生'的,不如说是'形成'的。"

文学作品中的男女性别并非自然性别属性,而是社会文化作用下的社会性别。女性主义文学批评意在颠覆传统的父权话语,从被看转向看、被写转向写,努力建构自身主体性。20世纪的西方经历了语言学和文化学的转向,美国的朱迪斯·巴特勒在奥斯汀、福柯、德里达、拉康等先驱的影响下,形成了自己独特的理论体系,即由之前的"言说者言说语言"转向"语言言说言说者",再到"语言和言说者互相言说"。正契合了女性主义文学批评的这一夙愿,这种言说其实是西苏等所倡导的"身体写作"的"女性写作"。巴特勒认为,物质与精神应是统一的,而不应该分裂,人的身体与精神相结合,互相"言说"。

二、后天语境中的超性别写作

关于性别写作,女作家或批评家给予不同的态度与观点,既有拒绝又有肯定。因20世纪90年代个人化写作的女性写作凸显了女性的性别意识与性别觉醒,对男权文化的抗争与反叛,甚至对男性的视而不见,更多的女性作品是对自己的书写及对母性、母女关系的书写与呈现。尤其在商业化、大众化下的女性处于"被看"的境遇,加之,评论界对20世纪90年代女性创作的大量质疑,性别写作某种程度上遭到了拒绝。波伏娃的《第二性》"女人不是天生的,而是被造就的",可堪称社会性别理论的渊源。中国女作家的身体写作、个人化写作的女性写作主要受到法国西苏的"身体写作"的影响,虽然像林白等作家曾指出未曾读到过"身体写作"方面的书,但20世纪90年代的大环境为林白、陈染等女作家浮出给予一定助力。"而本土女作家之所以和法国派的女性主义主张看上去更接近,和法国派自然性别理论更关注文学，更多提出文学的具体主张有关。英美的社会性别理论强调的是意识形态，更注重提升女性的性别意识。"①

在此，周乐诗将中国20世纪90年代的性别写作看成是自然性别理论，而笔者在前文分析生理性别与社会性别时对两者作过一定介绍，此处的自然性别理论应该与生理性别相吻合的，作家一般"偏重对物质的生理的女性特征的开掘，在文本中，也偏重在语言、意象等文本形式方面的创新"②。这也是为什么评论家对这一自然性别写作提出了质疑，而女作家面对重重质疑也对这一性别写作采取回避的态度，如陈染对"超性别意识"的提出，促生了"超性别写作"的诞生。可以看出，受西方女性文论影响而产生的性别写作与中国文化与文学相互碰撞产生超性别写作，某种程度上"似乎可以看到两种异质文化的冲突"③。对此，周乐诗认为，超性别写作内置上还是源于西方女性主义，就此进一步分析了陈染的创作与伍尔夫的理论思想，意在找出二者之间的文学与文化渊源。陈染在《超性别意识》一文中指出："真正的爱超于性别之上，就像纯粹的文学艺术超于政治而独立。它们都是非功利性的，是无实利的艺术。"④

可知，陈染的超性别意识，不仅表现出男性与女性之间的精神融合的完整，更在于不论男性还是女性能成为一个伟大人格的人，以无性的视阈来看待彼此，"超于性别之上"。倘若真像陈染所述那样，作为人类两性——男人与女人，如果显示一种彼此无性视阈的状态，是否会使文学缺

---

① 周乐诗.笔尖的舞蹈——女性文学和女性批评策略[M].上海：上海外语教育出版社，2006：53.

② 周乐诗.笔尖的舞蹈——女性文学和女性批评策略[M].上海：上海外语教育出版社，2006：52.

③ 周乐诗.笔尖的舞蹈——女性文学和女性批评策略[M].上海：上海外语教育出版社，2006：66.

④ 陈染.陈染文集·女人没有岸·超性别意识[M].南京：江苏文艺出版社，1997：118.

第四章 和谐期许的性别诗学

失了它本来的丰富多彩呢。不管这种想法是否切合实际，这一超越性别的意识与伍尔夫曾提出的"任何人在写作时想到的自己的性别都是不幸的"[①]是相契合的。而这一观念与西苏的女性写作中的性别书写是相异的，体现不出女性创作的特征及愿望等。所以在陈染个人化写作的创作中想必也是充满矛盾与纠结的。陈染的超性别意识创作其实是一种潜在的性别书写，也是女性写作的一种策略。

超性别写作顺应了性别写作被质疑与抛弃而产生。超性别写作意在缩小这种性别视阈的参与，努力达成男女两性的和谐平等，某种意义上二者看似矛盾，内在又是互相沟通与影响的。任一鸣在《中国当代女性文学简史》[②]中以"超越性别的性别书写"为著作的"第十六章"，以"性别"作为视角阐发铁凝的文学创作中所体现的"超性别书写的性别书写"，将超性别书写与性别书写有机结合，"性别书写与超性别书写的内涵融为一体，双重意蕴并行不悖，也是女性文学超性别书写的一种方式"[③]。并进一步指出："超性别书写即是在性别意识、女性主体意识觉醒的前提下更高层次的人的觉醒，是在社会性别理论与民族的、种族的、阶级的、阶层的多种元素的融合中，书写人性的深度，书写人类永恒的存在于追求。"[④]意在从人类的情怀、从人性的角度来书写，不论男性与女性，终归于"文学是人学"的追溯。超性别书写并不是无性别意识的书写，超性别书写有性别视角蕴含其中。任一鸣指出，女性文学不仅仅是女性性别的文学，也是

[①] 周乐诗. 笔尖的舞蹈——女性文学和女性批评策略 [M]. 上海：上海外语教育出版社，2006：63.

[②] 任一鸣. 中国当代女性文学简史 [M]. 桂林：广西师范大学出版社，2009.

[③] 任一鸣. 中国当代女性文学简史 [M]. 桂林：广西师范大学出版社，2009：146.

[④] 任一鸣. 中国当代女性文学简史 [M]. 桂林：广西师范大学出版社，2009：145.

人的文学。"超越性别的性别书写既是女性创作视野的超越，使女性文学涵盖整个人类精神活动的内容，也是对单一性别（女性）创作主体性别局限的超越，使性别视角性别意识在进入创作领域时更趋完整和成熟。"①

第二节 实然与应然——性别诗学的真实与想象

女性主义文学批评提出的"性别理论"受到广泛关注，由于性别理论探讨在人类社会干预之下而构成的性爱和繁殖的形势，分析性别系统的文学效果以及意识形态的印记和性，注重人类学、心理学、历史学、哲学与自然科学领域内的性别理论，并将其发展为"性别诗学"。

所谓"诗学"，并不仅仅是指有关诗的理论，而指的是一般的文学理论，是关于文学的基本概念或原理，人们可以根据历史的需要来开发和利用这座无穷无尽的宝库，从而满足不同的需要。"诗学不同于对个别作品的解释，它不是要揭示个别作品的含义，而是要认识制约作品产生的那些规律性。"②现代意义上的诗学是在传统诗学的基础上，融入新的意识形态、新的理论框架，呈现多元化的形态。伴随女性主义文学思潮在世界范围内的蓬勃发展，性别诗学这一概念逐渐进入了人们的视野，因为它独特的研究理念、价值取向和研究对象，以及它的多个学科交叉的复杂性质，体现了当代文艺学学科的多义性、延展性和包容性。

一、男性视角下的"性别诗学"

在中国，林树明是"性别诗学"这一概念的最早提出者。他也是很早开始关注女性主义文学批评的男性学者，其发表的论文与出版的专著对中国

---

① 任一鸣. 中国当代女性文学简史 [M]. 桂林：广西师范大学出版社，2009：140.

② 坦托多洛夫，等. 诗学 [M]. 佟景韩，译. 苏州：文化艺术出版社，1991：36.

的女性主义文学批评具有重大的影响力,可谓"一石激起千层浪",对性别诗学的评说各有千秋。1995年林树明的《女性主义文学批评在中国》中以"迈向性别诗学"为题,开启了中国性别诗学的研究新程。在该文中,林树明认为:"性别诗学将人作为研究的主要对象,既研究作为'类'的存在的人,也考察个体的人,它在探究人们的文艺创造行为时,结合人们的生理、心理、情感、政治倾向、民族因素等,将其作为具体的、'完整的人'来考虑,其中,对人们的性别主体性怀有浓厚的兴趣。它首先把性别特征作为构成本文及阐释本文的基本范畴,作为文化建构中选择主体的文明层次的重要维面。"[1]在此,性别诗学试图从全人类的伟大情怀来书写与建构"完整的人"。林树明进一步指出,性别诗学还应该有美学的参与,应该倾向于主体的审美生成,彰显主体的个性审美自由,性别诗学体现美学的要素。而这种审美感需要依赖于"全面的、具体的、感性的人的现实存在,注重人的感性维面……恪守自由的属人的自然性与社会性。它将吟唱新型的男人与女人临世,呼唤一种崭新的两性关系,在这种关系中,人人平等自由,审美的需求将是自律性的"[2]。这又将人的审美与性别相联系,将人的感性存在上升到人类自由、解放的高度。

随后,关于性别诗学的关注与评论,林树明又发表多篇文章,并最后结为专著:2000年发表的《性别研究:意会与构想》[3]、2004年发表的《女性文学研究、性别诗学与社会学理论》[4]、2011年发表的《一石激起千

---

[1] 林树明. 女性主义文学批评在中国 [M]. 贵阳:贵州人民出版社,1995:391.

[2] 林树明. 女性主义文学批评在中国 [M]. 贵阳:贵州人民出版社,1995:399.

[3] 林树明. 性别研究:意会与构想 [J]. 中国文化研究,春之卷(总第27期).

[4] 林树明. 女性文学研究、性别诗学与社会学理论 [J]. 贵阳:贵州社会科学,2007(12).

层浪——关于性别诗学批评的思考》①及2011年出版的专著《迈向性别诗学》②，将性别诗学研究推向一个新的高度。林树明指出性别诗学研究的主要内容如下：

（1）研究性别学如何通过诗学，对大量文学文本和理论中的性别缺席现象进行知识考古，将文学中的性别特性诗学化，并说明这种转化为什么成为可能。

（2）研究文学创作主体的性别倾向，考察人们的性别规定性怎样转化为作品中的各种元素。

（3）研究文学文本的性别问题，阐释文本在何种程度上揭示了人类性别主体构成的各个方面，探讨文学作品对性别文化的可塑性。

（4）研究文学接受中的性别倾向，关注阅读主体的性别定位，以及阅读中的"性别化"过程。③

林树明较为细致地阐释了性别诗学的从属范畴和主要内容，将性别贯穿于始终，指出创作主体、创作文本及阅读主体与世界之间形成了一个文学与世界的相互框架，为后来的性别诗学研究与评论提供了切实的依据，虽然到现在性别诗学还存有不完善之处，但它已成为诗学的一个被观照的议题。

人类学家叶舒宪的《性别诗学》主要通过一些具体的研究课题论文展现性别诗学这一共同性，指出："如果说以往的文学理论和文学研究早已充分考虑到文学的阶级性、党性、民族性等政治维度，那么生物性别和社会性别的维度则不可回避地要成为未来文学研究的重要维度。……性别诗学带来的并不只是添加在已有的各种思考维度之上的又一种性别维度，而且还有反思、重估和重构我们已有的文学理论和文学史框架，更新我们的

---

① 林树明. 一石激起千层浪——关于性别诗学批评的思考[J]. 当代文坛, 2011（2）.
② 林树明. 迈向性别诗学[M]. 北京：中国社会科学出版社, 2011.
③ 林树明. 女性文学研究、性别诗学与社会学理论[J]. 贵州社会科学, 2007（12）：41.

批评话语的一种契机。"[1]该著作也没有对性别诗学作以理论上的阐述。

二、女性视角下的"性别诗学"

性别诗学在我国的兴起和发展,已经有二十多年的历史,尤其是21世纪以来,很多女性文学研究者做出了重要的贡献,如任一鸣、刘思谦、万莲子等人。在性别诗学中,用"性别"二字将女性主义诗学中的"女性"所替换。

任一鸣这样界定性别诗学:"如果说,'双性和谐'是性别关系在文化中的理想,那么,'性别诗学'则是性别关系在美学中的理想。其目的是要打破既定的性别等级秩序,建立一种新型的两性审美关系。意味着一种更高境界的超越性别的角色认同,打破单一的男女两性社会性别角色的规定,催生更为丰富、更为多样的两性性别角色;建构更加丰富的性别文化内涵和审美外观,在文化与审美领域获取更高层次和更深意义上的性别公正与性别审美理想。这也是性别诗学的目的和任务。"[2]任一鸣认为,性别诗学应在两性审美关系的基础上建构,突破性别或男女等级、角色的规定,性别诗学在文化与审美的关照下汲取更深层的意义与审美理想。可以说,任一鸣这一性别诗学的向往是好的,但实践起来又是困难重重的,不免带有理想色彩。

万莲子在《性别:一种可能的审美维度》中提道:"从严格意义上说,'女性主义诗学'范围小于'性别诗学',且终有一天它会被'性别诗学'一词取代,这是由女性主义/性别审美意识形态本身的双刃剑意味先在地决定了的,'女性主义'一词本身还处于不断发展变化之中。"[3]男女

---

[1] 叶舒宪. 性别诗学 [M]. 北京:社会科学文献出版社,1999.

[2] 任一鸣. 解构与建构——中国女性文学与美学衍论 [M]. 北京:九州出版社,2004.

[3] 万莲子. 性别:一种可能的审美维度——全球化视域里的中国性别诗学研究导论(1985—2005大陆)(上)[J]. 湘潭大学学报(哲社版),2005(6):42.

两性不能够靠"中性"或者"共性"来克服差异和避免冲突，两性冲突的缓解靠的是"性别包容性"，而不是"性别中性"。对于性别诗学研究者所倡导的标准而言，我们是不能够偏袒性别中的任何一方，研究主体必须要处在客观中性的"双性和谐"的站位。男女两性各自或者双方，在性别审美领域中都是允许存在的，建构性别诗学是包容所有社会生活带来的文化意义上的直接经验，因此，中国的性别诗学将男女性别作为其中"可能的"审美维度。

刘思谦在《"娜拉"言说》中指出："女人其实并不怎么乐意把自己作为一个问题不断地被提示出来，也不认为在自己的社会角色前面特别冠以'女'字是什么殊荣。女性之成为问题，这不幸的历史根源是如此的悠久深厚，以致历史地出现了'女性文学'这一新的文学现象时，人们还以为这是女性的什么优厚待遇。"[①]作者犀利地批判男女不平等的意识，倡导男女平等的权利，积极代表女性文学发声。作为女性研究者，既然研究，那么就要处于"和而不同"的中性站位，丢掉"女性主义"的帽子，争取男女平等的权利。性别将作为一个重要维度，来考量所有的文学形态。

第三节　构建和谐的性别诗学

在借鉴西方女性主义理论的基础上，中国的性别诗学是受中华民族的传统文化影响的，但中西共同存在的"性别审美意识形态"的属性特征，又决定了中西方在性别诗学总体精神上的相通性。以往的女性主义文学批评，要么是单方面翻译和引进西方的女性主义理论，要么是探索女性主义文学批评的路径，要么是简单地审视西方女性主义文学批评理论，要么是局限于单一的文化视角来分析和研究中外作家的作品。从诗学的角度看，整合中国本土女性主义文学的理论与实践的文章或专著很少。性别诗学的

[①]刘思谦．"娜拉"言说中国现代女作家心路纪程［M］．郑州：河南大学出版社，2007．

产生和发展有其本土特色：在"天人合一""和而不同"等优良文化传统影响下，中国性别审美意识、理想的审美意境更渴望"完形文化"的形式。"作为女性主义文学批评的'后继学科'，性别诗学将消解各学科的人为障碍，不排除其他话语的存在，而是将其有机地联系起来思考。它探讨两性角色的复杂性，探讨由性别、种族、阶级、时代及经济等因素所铸成的两性角色与身份之间的交叉和矛盾，探讨性别模式在文艺领域的表现。"[1]性别诗学作为在女性主义文学批评的发展中涌现出来的新术语、新学科，其发生和发展必然会伴随着一系列的新问题。同时，也给了我们一个契机，站在诗学的角度去思考性别、思考两性关系，反思并重构现有的文学理论及传统文学史的脉络。

20世纪80年代以来，女性文学的研究如雨后春笋般蓬勃，性别诗学也得到了长足的发展，女性在文学中发挥的作用得到日益的重视，女性作家因其性别对文学作品有着独特的领悟，一些文学作品中的女性形象也得到了新的定位。进入21世纪，随着社会经济发展与文化习俗的冲击，由女性文学发展而来的性别诗学日益得到了广泛探讨，那么，21世纪的性别诗学该何去何从？

性别诗学最终是否将以"性别"取代"女性主义"？对于文学、文学批评、文学理论等加以"女性"二字，这是基于女性生理的基础，女权主义的倡导者，也是希望能够消除男性与女性之间的樊篱，消除普遍存在的男女不平等现象，追求男女的同等权利，主张女性要有自主意识。女性主义文学的倡导者，在肯定女性文学价值的时候，不可避免地强调女性文学的"女性"与"男性"之间存在的区别，尤其在文学批评上，把女性作家单独归为一类，表面上是呼吁女性的权利，但实际上，使女性处于特殊的地位，在男女权利平等之外。就像刘思谦所提到的文学冠以"女性"二

---

[1] 林树明. 迈向性别诗学 [M]. 北京：中国社会科学出版社, 2011: 151.

字，并非殊荣。所以性别诗学最终的发展方向是"性别"取代"女性主义"，在文学批评中，作家的性别将不再成为首要的关注点，而更多关注文学作品的内质及所反映的社会现象与问题，这样，才能走向更广阔的"性别诗学"。

结合中国历史与现实的实际情况，性别诗学将走向中国特色的美学品格。古今中外的女性都长期受男权的影响，在充满父权色彩的社会里，文学艺术被笼罩在父权的阴霾下。在中国传统的文学中，女性依赖于男性而存在，女性艺术处于次属地位。这是传统美学中的女性主义美学意识的表现。杨粮称在《论中国美学在发展中的创新》中写道："对于我们来说必须建立在中国传统文化的基础上，不能割断历史，否则未来美学的发展便会失去根基，没有了生长发展的条件。也就是说，中国未来美学的发展，既要吸收西方美学的异质因素并加以消化，同时又必须扎根传统文化土壤之中，才能具有自己的独创性与民族特点。"[①]性别诗学审美化也需要在吸收西方女性主义文学理论之后，立足传统文化，融入中国传统的美学品格，形成中国特色的性别诗学。中国式的性别诗学，将以多元视角探讨文学作品及文学理论，将迎来一种更加和谐的性别诗学，独具中国传统审美品格的性别诗学，将融入并影响世界女性主义文学及女性主义文学批评。

---

① 杨粮称.论中国美学在发展中的创新[J].才智，2010（8）：180.

结　语

　　中国的女性主义文学批评立足于本土，以"性别"为视阈，结合了西方的心理精神分析、符号学、后解构主义及女性主义理论等，形成了中国的女性形象批评和女性写作批评、重寻女性文学传统及性别诗学等几个重要领域与范畴，历经三十多年的我国女性主义文学批评，主要在男权话语的批评中试图找寻自己的女性主体地位，进而争取话语的言说，发出自己的声音。将"写女性"与"女性写"建构为女性主义文学批评的坚实基石。中国的女性形象批评经历了重要的萌生、发展与高潮繁荣三个阶段，在这一漫长的历程中，女性形象批评揭示了女性被遮蔽的真实性与处境。而女性试图扭转这种被遮蔽与被歪曲的书写，多种因素促成了中国女性写作与评论的言说。

　　中国有几千年的文学传统，女性主义文学批评应该根植于中国传统文化的积淀，吸收西方批评理论；既要对古典文学、近代文学，用一种多元化的视角，进行新的批评研究；也要对现当代文学作品中表现出女性意识觉醒的文本进行梳理与反思，从而促进女性主义文学批评能贯通古今，更能够关注到常常被忽视的底层女性。女性写作历史源远流长，需要不断钩沉与重新评价传统文学中的女作家作品。女性写作批评，应该在时间与对象上进行拓宽与拓展，从而使女性写作批评走向多元化、文化化。

有学者指出：西方的女性主义文学批评经历了女性形象批评、女性中心批评、女性主义文学理论的兴起和身份批评四个阶段。[①]其实这四个阶段在中国的女性主义文学批评中也有体现，笔者以为，我国的女性主义文学批评主要集中在女性形象批评、女性写作批评、女性作家、学者对重建女性文学传统的努力，以及试图建构和谐的性别诗学。这也是本著作对女性形象批评与女性写作批评进行批评文本细读的缘由。可以说，对文学史的重新书写，重构女性文学传统，往往贯穿于女性形象批评与女性写作批评之中，有时会有交叉与相通，而且在女性写作批评中对"中国女性文学史"及女性文学史论有所阐述。可以说，女性对女性的书写及批评本身就是一个文学史与评论史的历程。性别诗学也是中国女性主义文学批评一直在建构自己理论的一种努力。

我国的女性主义文学批评任重道远，仍处于不断的发展与建构中。正如盛英在《中国新时期女作家论》中分析了"女性的自觉与突进"，认为不论是农村传统妇女还是城市妇女或知识女性虽在新时代获得空前解放，"然而，超稳定的男性中心社会传统，超稳定的封建文化传统及其心理积淀，却以其特定形态弥漫于女性生活的许多空间，钳制着她们的生命方式和生存方式，致使她们难以摆脱'低气压'氛围。萧红对女性'天空'的感觉依然真切而入微"[②]。女性需要认识到自身的处境，自觉反思，女性不论作为读者还是作为写作者、评论者，尤其是女性写作者的反思与关注，女性自我认同中，"母性"与"女性"意识不断增强，使女人从"自在的人"到"自为的人"，使女人的社会价值得到社会与他人的认可，使女人与男人在同一片蓝天下的生命价值幸福实现。为之，路漫漫其修远兮，女性要自立、自强、自言，肩负着多重使命："一方面是消除人类中单一的

---

① 王艳峰. 从依附到自觉：当代女性主义文学批评研究[M]. 上海：上海交通大学出版社，2009：177.

② 盛英. 中国新时期女作家论[M]. 天津：百花文艺出版社，1992：67.

男性文化视阈阴影的全方位的笼罩；一方面又要担负与男性文化世界共同改造民族文化精神的重任；另一方面还要面对女性文化世界内在结构的自我审视和批判，在自我生命的矛盾运动中求得发展和更新。"[1]如西蒙娜·波伏娃所愿：希望有一天，不分性别，人类可以有他个人的尊严，享受辛苦得来的自由。

---

[1] 丁帆. 男性视阈文化的终结——当前小说创作中的女权意识和女权主义批评断想[J]. 小说评论，1991（8）：30.

参考文献

1. 主要译文著作

[1] 波伏娃. 第二性——女人 [M]. 桑竹影, 南珊, 译. 长沙: 湖南文艺出版社, 1986.

[2] 弗里丹. 女性的奥秘 [M]. 程锡麟, 等, 译. 成都: 四川人民出版社, 1988.

[3] 伍尔夫. 一间自己的屋子 [M]. 王还, 译. 北京: 三联书店, 1989.

[4] 伊格尔顿. 女权主义文学理论 [M]. 胡敏, 陈彩霞, 林树明, 译. 长沙: 湖南文艺出版社, 1989.

[5] 莫伊. 性与文本的政治 [M]. 林建法, 等, 译. 长春: 时代文艺出版社, 1992.

[6] 张京媛. 当代女性主义文学批评 [C]. 北京: 北京大学出版社, 1992.

[7] 艾斯勒. 圣杯与剑 [M]. 程志民, 译. 北京: 社会科学文献出版社, 1993.

[8] 李银河. 妇女: 最漫长的革命: 当代西方女权主义理论精选 [C]. 北京: 三联书店, 1997.

[9] 波伏娃. 第二性 [M]. (全译本) 陶铁柱, 译. 北京: 中国书籍出版社, 1998.

[10] 米利特. 性的政治 [M]. 钟良明, 译. 北京: 社会科学文献出版社, 1999.

[11] 伍尔夫. 论小说与小说家 [M]. 瞿世镜, 译. 上海: 上海译文出版社, 2000.

[12] 克里斯蒂娃. 恐怖的权力: 论卑贱 [M]. 张新木, 译. 北京: 三

联书店，2001．

[13] 胡克斯．女权主义理论：从边缘到中心［M］．晓征，平林，译．南京：江苏人民出版社，2001．

[14] 兰瑟．虚构的权威女性作家与叙述声音［M］．黄必康，译．北京：北京大学出版社，2002．

[15] 帕特南．女性主义思潮导论［M］．艾晓明，译．武汉：华中师范大学出版社，2002．

[16] 盖洛普．通过身体思考［M］．杨莉馨，译．南京：江苏人民出版社，2005．

[17] 斯皮瓦克．从解构到全球化批判：斯皮瓦克读本［M］．陈永国，赖立里，郭英剑主编．北京：北京大学出版社，2007．

[18] 巴特勒．性别麻烦［M］．宋素凤，译．上海：上海三联文化传播有限公司，2009．

[19] 鲍尔多．不能承受之重：女性主义、西方文化与身体［M］．綦亮，赵育春，译．南京：江苏人民出版社，2009．

2. 国内女性文学研究与批评著作

[1] 阎纯德．中国现代女作家［M］．哈尔滨：黑龙江人民出版社，1983．

[2] 谭正璧．中国女性文学史话［M］．天津：百花文艺出版社，1984．

[3] 李子云．净化的心灵：当代女作家论［M］．北京：三联书店，1984．

[4] 李子云．现代女作家散论［M］．北京：三联书店，1985．

[5] 吴宗蕙．小说中的女性形象［M］．长沙：湖南人民出版社，1985．

[6] 孙绍先．女性主义文学［M］．沈阳：辽宁大学出版社，1987．

[7] 赵园．艰难的选择［M］．上海：上海文艺出版社，1987．

[8] 李小江．夏娃的探索［M］．郑州：河南人民出版社，1988．

[9] 康正果．风骚与艳情［M］．郑州：河南人民出版社，1988．

[10] 李小江．女性审美意识探索［M］．郑州：河南人民出版社，

1989.

[11] 李小江. 女人——一个悠远美丽的传说[M]. 上海：上海人民出版社, 1989.

[12] 谢玉娥. 女性文学研究：教学参考资料[M]. 开封：河南大学出版社, 1990.

[13] 殷国明, 陈志红. 中国现当代小说中的知识女性[M]. 广州：广东高等教育出版社, 1990.

[14] 陈思和. 文学中的妓女形象[M]. 北京：人民日报出版社, 1990.

[15] 吕晴飞. 中国当代青年女作家评传[M]. 北京：中国妇女出版社, 1990.

[16] 魏玉传. 中国现当代女作家传[M]. 北京：中国妇女出版社, 1990.

[17] 盛英. 中国新时期女作家论[M]. 天津：百花文艺出版社, 1992.

[18] 康正果. 女权主义与文学[M]. 北京：中国社会科学出版社, 1994.

[19] 李小江, 等. 主流与边缘[M]. 北京：三联书店, 1994.

[20] 鲍晓兰. 西方女性主义研究评介[M]. 北京：三联书店, 1995.

[21] 盛英. 二十世纪中国女性文学史（上、下）[M]. 天津：天津人民出版社, 1995.

[22] 刘慧英. 走出男权传统的樊篱——文学中男权意识的批判[M]. 北京：三联书店, 1995.

[23] 陈顺馨. 中国当代文学的叙事与性别[M]. 北京：北京大学出版社, 1995.

[24] 戴锦华. 镜城突围：女性·电影·文学[M]. 北京：作家出版社, 1995.

[25] 林树明. 女性主义文学批评在中国[M]. 贵阳：贵州人民出版社, 1995.

[26] 郑伊选编. 女智者共谋：西方三代女性主义理论回展[M]. 北京：

作家出版社，1995.

[27] 吴宗蕙．女作家笔下的女性世界［M］．北京：首都师范大学出版社，1995.

[28] 阎纯德．二十世纪中国著名女作家传［M］．（上、下）北京：中国文联出版公司，1995.

[29] 陈惠芬．神话的窥破——当代中国女性写作研究［M］．上海：上海社会科学院出版社，1996.

[30] 李华珍．中国新时期女性散文研究［M］．合肥：安徽大学出版社，1996.

[31] 李银河．女性权力的崛起［M］．北京：中国社会科学出版社，1997.

[32] 张岩冰．女权主义文论［M］．济南：山东教育出版社，1998.

[33] 乔以钢．低吟高歌——20世纪中国女性文学论［M］．天津：南开大学出版社，1998.

[34] 戴锦华．隐形书写：90年代中国文化研究［M］．南京：江苏人民出版社，1999.

[35] 戴锦华．犹在镜中：戴锦华访谈录［M］．北京：知识出版社，1999.

[36] 屈雅君．执着与背叛：女性主义文学批评与实践［M］．北京：中国文联出版社，1999.

[37] 徐坤．双调夜行船：九十年代的女性写作［M］．太原：山西教育出版社，1999.

[38] 盛英．中国女性文学新探［M］．北京：中国文联出版社，1999.

[39] 张抗抗．女人说话［M］．南京：江苏人民出版社，1999.

[40] 李小江，等．女性？主义——文化冲突与身份认同［M］．南京：江苏人民出版社，2000.

[41] 阎纯德．二十世纪中国女作家研究［M］．北京：北京语言文化大学出版社，2000.

[42] 邓红梅．女性词史［M］．济南：山东教育出版社，2000.

[43] 荒林．花朵的勇气——中国当代文学文化的女性主义批评［M］．北京：九州出版社，2001.

[44] 王吉鹏,马琳,赵欣.百年中国女性文学批评[M].长春:吉林人民出版社,2001.

[45] 李新灿.女性主义观照下的他者世界[M].北京:中国社会科学出版社,2001.

[46] 谭正璧.中国女性文学史[M].天津:百花文艺出版社,2001.

[47] 荒林,王光明.两性对话——20世纪中国女性与文学[M].北京:中国文联出版社,2001.

[48] 徐岱.边缘叙事:20世纪中国女性小说个案批评[M].上海:学林出版社,2002.

[49] 杨莉馨.西方女性主义文论研究[M].南京:江苏文艺出版社,2002年.

[50] 陈志红.反抗与困境:女性主义文学批评在中国[M].北京:中国美术学院出版社,2002.

[51] 宋素凤.多重主体策略的自我命名:女性主义文学理论研究[M].济南:山东大学出版社,2002.

[52] 朱小平.二十世纪湖南女性文学发展史[M].海口:海南出版社,2002.

[53] 李玲.中国现代文学的性别意识[M].北京:人民文学出版社,2002.

[54] 罗婷.女性主义文学与欧美文学研究[M].北京:东方出版社,2002.

[55] 西慧玲.西方女性主义与中国女作家批评[M].上海:上海社会科学院出版社,2003.

[56] 林丹娅.当代中国女性文学史论[M].厦门:厦门大学出版社,2003.

[57] 乔以钢.多彩的旋律——中国女性文学主题研究[M].天津:南开大学出版社,2003.

[58] 杜芳琴,王向贤.妇女与社会性别研究在中国(1987—2003)[M].天津:天津人民出版社,2003.

[59] 孟悦,戴锦华.浮出历史地表——现代妇女文学研究[M].北京:

中国人民大学出版社,2004.
[60] 陈顺馨,戴锦华.妇女、民族与女性主义[M].北京:中央编译出版社,2004.
[61] 罗婷,等.女性主义文学批评在西方与中国[M].北京:中国社会科学出版社,2004.
[62] 林树明.多维视野中的女性主义文学批评[M].北京:中国社会科学出版社,2004.
[63] 盛英.中国女性主义文学纵横谈[M].北京:九州出版社,2004.
[64] 荒林.两性视野:男性批判[M].桂林:广西师范大学出版社,2004.
[65] 乔以钢.中国女性与文学——乔以钢自选集[M].天津:南开大学出版社,2004.
[66] 梁巧娜.性别意识与女性形象[M].北京:中央民族大学出版社,2004.
[67] 薛海燕.近代女性文学研究[M].北京:中国社会科学出版社,2004.
[68] 王政,陈雁.百年中国女权思潮研究[M].上海:复旦大学出版社,2005.
[69] 黄华.权力,身体与自我——福柯与女性主义文学批评[M].北京:北京大学出版社,2005.
[70] 杨莉馨.异域性与本土化:女性主义诗学在中国的流变与影响[M].北京:北京大学出版社,2005.
[71] 乔以钢.中国当代女性文学的文化探析[M].北京:北京大学出版社,2006.
[72] 赵树勤.女性文化学[M].桂林:广西师范大学出版社,2006.
[73] 王纯菲.火凤冰栖——中国文学女性主义伦理批评[M]沈阳:辽宁人民出版社,2006.
[74] 徐敏.女性主义的中国道路[M].北京:中国社会科学出版社,2006.

[75] 王艳芳. 女性写作与自我认同 [M]. 北京: 中国社科出版社, 2006.

[76] 周乐诗. 笔尖的舞蹈: 女性文学和女性批评策略 [M]. 上海: 上海外语教育出版社, 2006.

[77] 苏红军, 柏棣. 西方后学语境中的女权主义 [M]. 桂林: 广西师范大学出版社, 2006.

[78] 荒林. 中国女性主义 (2006春) [M]. 桂林: 广西师范大学出版社, 2006.

[79] 王喜绒, 等. 20世纪中国女性文学批评 [M]. 北京: 中国社会科学出版社, 2006.

[80] 戴锦华. 涉渡之舟: 新时期中国女性写作与女性文化 [M]. 北京: 北京大学出版社, 2007.

[81] 寿静心. 女性文学的革命——中国当代女性主义文学研究 [M]. 北京: 中国社会科学出版社, 2007.

[82] 陈惠芬, 马元曦. 当代中国女性文学文化批评文选 [M]. 桂林: 广西师范大学出版社, 2007.

[83] 刘思谦. "娜拉"言说: 中国现代女作家心路纪程 [M]. 开封: 河南大学出版社, 2007.

[84] 邓利. 新时期女性主义文学批评的发展轨迹 [M]. 北京: 中国社会科学出版社, 2007.

[85] 左金梅, 申富英. 西方女性主义文学批评 [M]. 青岛: 中国海洋大学出版社, 2007.

[86] 谢玉娥. 女性文学研究与批评论著目录总汇 [M]. 开封: 河南大学出版社, 2007.

[87] 孙中欣, 张莉莉. 女性主义研究方法 [M]. 上海: 复旦大学出版社, 2007.

[88] 乔以钢, 林丹娅. 女性文学教程 [M]. 石家庄: 河北教育出版社, 2007.

[89] 荒林, 翟振明. 撩开你的面纱: 女性主义与哲学的对话 [M]. 北京: 北京大学出版社, 2008.

[90]康宏锦,马元曦.西方女性主义文学文化译文集[C].桂林:广西师范大学出版社,2008.

[91]马春花.被缚与反抗:中国当代女性文学思潮论[M].济南:齐鲁书社,2008.

[92]徐艳蕊.当代中国女性主义文学批评二十年[M].桂林:广西师范大学出版社,2008.

[93]张翠萍.女性主义文学批评[M].成都:电子科技大学出版,2008.

[94]荒林.中国女性主义(10)[M].桂林:广西师范大学出版社,2008.

[95]任一鸣.中国当代女性文学简史[M].桂林:广西师范大学出版社,2009.

[96]王艳峰.从依附到自觉:当代女性主义文学批评研究[M].上海:上海交通大学出版社,2009.

[97]孙桂荣.自我表达的激情与焦虑——女性主义与文学批评[M].王光东,吴义勤,主编.上海:上海大学出版社,2009.

[98]吴新云.双重声音双重语意——译介学视角下的中国女性主义文学批评[M].北京:经济科学出版社,2009.

[99]荒林.中国女性主义(11)[M].桂林:广西师范大学出版社,2009.

[100]魏天真.自反性超越——女性小说的非女性主义解读[M].武汉:华中师范大学出版社,2010.

[101]孙桂荣.消费时代的中国女性主义与文学[M].北京:中国社会科学出版社,2010.

[102]张莉.浮出历史地表之前:中国现代女性写作的发生[M].天津:南开大学出版社,2010.

[103]杜凡.阁楼里的衣柜——21世纪以来大陆女同性恋文学初探[M].新生代女性主义学术论丛.北京:九州出版社,2010.

[104]于闽梅.谁背叛了谁?——符号的象征与现代女性的身体[M].新生代女性主义学术论丛.北京:九州出版社,2010.

[105] 张红萍. 中国女人的一个世纪 [M]. 新生代女性主义学术论丛. 北京: 九州出版社, 2010.

[106] 王琳. 真理缝隙中的生存: 当代文学中的女性形象 [M]. 北京: 中国社会科学出版社, 2010.

[107] 荒林. 中国女性主义 (12) [M]. 桂林: 广西师范大学出版社, 2011.

[108] 程锡麟, 方亚中. 什么是女性主义批评 [M]. 上海: 上海外语教育出版社, 2011.

[109] 林树明. 迈向性别诗学 [M]. 北京: 中国社会科学出版社, 2011.

[110] 金文野. 中国现当代女性主义文学论纲 [M]. 北京: 中国社会科学出版社, 2011.

[111] 魏天真, 梅兰. 女性主义文学批评导论 [M]. 武汉: 华中师范大学出版社, 2011.

[112] 孙桂荣. 性别诉求的多重表达——中国当代文学的女性话语研究 [M]. 北京: 人民文学出版社, 2011.

[113] 季红真. 萧红全传（修订本）[M]. 北京: 现代出版社, 2012.

[114] 白露, 沈齐齐. 中国女性主义思想史中的妇女问题 [M]. 上海: 上海人民出版社, 2012.

[115] 刘莉. 玫瑰门中的中国女人——铁凝与当代女性作家的性别认同 [M]. 北京: 北京师范大学出版社, 2012.

[116] 王明丽. 生态女性主义与现代中国文学女性形象 [M]. 北京: 中国书籍出版社, 2013.

[117] 荒林, 苏红军. 中国女性文学读本（上下册）[M]. 中国女性文学文化建设丛书, 桂林: 广西师范大学出版社, 2013.

[118] 赵雪沛选注. 倦倚碧罗裙: 明清女性词选 [M]. 北京: 人民文学出版社, 2013.

[119] 贺桂梅. 女性文学与性别政治的变迁 [M]. 北京: 北京大学出版社, 2014.

[120] 苏萍. 中国古代女性文学与文化新论 [M]. 长沙: 中南大学出

版社，2014.

[121] 王纯菲，等. 中国性别理论与女性文学批评[M]. 北京：社会科学文献出版社，2014.

[122] 王红旗. 21世纪中国女性文学批评理论与实践文选集成：2001—2012[C]. 北京：现代出版社，2014.

[123] 李彦文. 在共同体与社会之间——20世纪90年代中期以来的乡村女性形象[M]. 天津：南开大学出版社，2014.

[124] 宋清秀. 清代江南女性文学史论[M]. 上海：上海古籍出版社，2015.

[125] 吴义勤. 名家讲女性文学[C]. 石家庄：河北教育出版社，2015.

[126] 孙桂荣. 变动时代的性别表达：新时期女性文学与文化研究文献史料辑[M]. 北京：人民出版社，2016.

[127] 王艳芳. 大众传媒视域中的女性文学[M]. 北京：中国戏剧出版社，2016.

[128] 刘蔚，许梦婕整理. 女子词选七种[M]. 郑州：河南文艺出版社，2016.

[129] 雷霖. 现代战争叙事中的女性形象：1894～1949[M]. 长沙：湖南人民出版社，2016.

[130] 林苗苗. 一点香销万点情：中国古典文学中的女性形象研究[M]. 北京：现代出版社，2016.

[131] 黄静，等. 二十世纪中国女性文学研究[M]. 芜湖：安徽师范大学出版社，2017.

[132] 刘云兰. 新时期中国女性文学叙事发展与嬗变[M]. 南昌：江西人民出版社，2017.

[133] 田泥. 博弈：女性文学与生态：20世纪80年代以来女作家生态写作[M]. 北京：中国社会科学出版社，2017.

[134] 吴玉杰，刘巍. 中国现代女作家的女性文学意识[M]. 北京：社会科学文献出版社，2017.

[135] 徐琴. 文化身份的建构与书写：当代藏族女性文学研究[M]. 广州：

中山大学出版社, 2017.

[136] 魏颖. 性别视角中的女性形象与文化语境 [M]. 北京: 中国社会科学出版社, 2017.

[137] 曾迺敦. 中国女词人 [M]. 陈丽丽整理. 北京: 文化艺术出版社, 2018.

[138] 孟远. 女性文学研究资料 [M]. 南昌: 百花洲文艺出版社, 2018.

3. 其他著作

[1] 刘锡诚, 高洪波, 雷达学, 等. 当代女作家作品选 [M]. 广州: 广东人民出版社, 1980.

[2] 卜仲康. 中国当代文学研究资料 [M]. 南京: 江苏人民出版社, 1982.

[3] 朱虹. 美国女作家短篇小说选 [M]. 北京: 中国社会科学出版社, 1983.

[4] 孟繁华. 新时期文学创作评论选 [M]. 北京: 中央广播电视大学出版社, 1986.

[5] 丹尼尔·霍夫曼. 美国当代文学 [M]. 北京: 中国文联出版公司, 1986.

[6] 陈思和. 中国新文学整体观 [M]. 上海: 上海文艺出版社, 1987.

[7] 朱寨. 中国当代文学思潮史 [M]. 北京: 人民文学出版社, 1987.

[8] 乐黛云. 西方文艺思潮与二十世纪中国文学 [M]. 北京: 中国社会科学出版社, 1988.

[9] 周宪. 当代西方艺术文化学 [M]. 北京: 北京大学出版社, 1988.

[10] 王逢振. 最新西方文论选 [M]. 桂林: 漓江出版社, 1991.

[11] 马尔库塞. 审美之维 [M]. 李小兵, 译, 北京: 三联书店, 1992.

[12] 科恩主编. 文学理论的未来 [M]. 程锡麟, 译. 北京: 中国社会科学出版社, 1993.

[13] 佛克马, 蚁布思. 文化研究与文化参与 [M]. 俞国强, 译. 北京: 北京大学出版社, 1996.

[14] 洪治纲, 凤群. 欲望的舞蹈, 见愚士选编. 以笔为旗——世纪末文化批判 [C]. 长沙: 湖南文艺出版社, 1997.

[15] 张清华. 当代中国先锋思潮论 [M]. 南京: 江苏文艺出版社, 1997.

[16] 王晓明. 二十世纪中国文学史论 [M]. 上海: 东方出版中心, 1997.

[17] 盛宁. 人文的困惑与反思 [M]. 北京: 三联书店, 1997.

[18] 屈雅君, 李继凯. 新时期文学批评模式研究 [M]. 西安: 陕西人民教育出版社, 1997.

[19] 朱立元. 当代西方文艺理论 [M]. 上海: 华东师范大学出版社, 1997.

[20] 钱理群, 吴福辉, 温儒敏. 中国现代文学三十年 [M]. 北京: 北京大学出版社, 1998.

[21] 李银河. 同性恋亚文化 [M]. 北京: 今日中国出版社, 1998.

[22] 王政, 杜芳琴. 社会性别研究选择 [M]. 北京: 三联书店, 1998.

[23] 汤学智. 新时期文学热门话题 [M]. 西安: 陕西人民教育出版社, 1998.

[24] 丁尔纲. 新时期文学思潮论 [M]. 北京: 中国广播电视出版社, 1999.

[25] 洪子诚. 中国当代文学史 [M]. 北京: 北京大学出版社, 1999.

[26] 陈思和. 中国当代文学史教程 [M]. 上海: 复旦大学出版社, 1999.

[27] 叶舒宪. 性别诗学 [M]. 北京: 社会科学文献出版社, 1999.

[28] 陈厚诚, 王宁. 西方当代文学批评在中国 [M]. 天津: 百花文艺出版社, 2000.

[29] 王安忆. 男人和女人, 女人和城市 [M]. 昆明: 云南人民出版社, 2000.

[30] 王逢振编译. 性别政治[M]. 天津: 天津社会科学出版社, 2001.

[31] 许志英, 丁帆. 中国新时期小说主潮[M]. 北京: 人民文学出版社, 2002.

[32] 艾云. 用身体思想[M]. 南京: 江苏人民出版社, 2003.

[33] 孙立平. 断裂——20世纪90年代以来的中国社会[M]. 北京: 社会科学文献出版社, 2003.

[34] 陈方. 失落与追寻: 世纪之交中国女性价值观的变化[M]. 北京: 中国社会科学出版社, 2003.

[35] 朱国华. 权力的文化逻辑[M]. 上海: 上海三联书店, 2004.

[36] 赵一凡, 张中载, 李德恩, 等. 西方文论关键词[M]. 北京: 外语教学与研究出版社, 2006.

[37] 许纪霖, 罗岗, 等. 启蒙的自我瓦解: 1990年代以来中国思想文化界重大论争研究[M]. 长春: 吉林出版集团有限责任公司, 2007.

[38] 孟繁华, 程光炜. 中国当代文学发展史[M]. 北京: 中国人民大学出版社, 2008.

[39] 陶东风, 和磊. 中国新时期文学30年[M]. 北京: 中国社会科学出版社, 2008.

[40] 邱明正. 新时期文学三十年[M]. 上海: 上海社会科学院出版社, 2008.

[41] 於可训. 中国当代文学概论[M]. 武汉: 武汉大学出版社, 2009.

[42] 张志忠. 新时期以来中国现当代文学研究重要现象述评(1978—2008)[M]. 武汉: 武汉出版社, 2009.

[43] 南帆. 文学的维度[M]. 北京: 中国人民大学出版社, 2009.

[44] 吴义勤. 中国新时期文学的文化反思[M]. 南京: 江苏文艺出版社, 2009.

[45] 陈思和. 新时期文学简史[M]. 桂林: 广西师范大学出版社, 2010.

4. 期刊、报纸论文

［1］朱虹．美国当前的"妇女文学"——〈美国女作家作品选〉序［J］．世界文学，1981（4）．

［2］张维安．在文艺新潮中崛起的中国女作家群［J］．当代文艺思潮，1982（3）．

［3］吴黛英．新时期"女性文学"漫谈［J］．当代文艺思潮，1983（4）．

［4］王晓明．沼泽里的奔跑——关于十年来的文学批评［J］．文艺理论研究，1984（5）．

［5］吴黛英．从新时期女作家的创作看"女性文学"的若干特征［J］．文艺评论，1985（4）．

［6］吴黛英．女性世界和女性文学——致张抗抗信［J］．文艺评论，1986（1）．

［7］张抗抗．我们需要两个世界［J］．文艺评论，1986（1）．

［8］顾亚维．时代的女性文学［J］．文艺评论，1986（2）．

［9］王逢振．关于女权主义批评的思索［J］．外国文学动态，1986（3）．

［10］王绯．张辛欣小说的内在视镜与外在世界——兼论当代女性文学的两个世界［J］．文学评论，1986（3）．

［11］张擎．女性文学的娇弱、雄化和无性化［J］．当代作家评论，1986（5）．

［12］王绯．我的批评观：多轨道的向心运动——兼谈女性批评家的批评意识［J］．批评家，1986（6）．

［13］李小江．当代妇女文学与职业妇女问题［J］．文艺评论，1987（1）．

［14］阮忆．女性文学和女性意识——新时期女性文学断想［J］．文艺评论，1987（4）．

［15］孙绍先．从女性文学到女性主义文学［J］．当代文艺思潮，1987（5）．

［16］王绯．女性文学批评：一种新的理论态度［J］．当大文艺思潮，1987（5）．

［17］朱虹．"女权主义"批评一瞥［J］．外国文学动态，1987（7）．

［18］朱虹．禁闭在"角色"里的"疯女人"［J］．外国文学评论，1988（1）．

［19］王安忆，陈思和．两个69届初中生即兴对话［J］．上海文学，1988（3）．

[20] 李小江．改革与中国女性群体意识的觉醒［J］．社会科学战线，1988（4）．

[21] 盛英．女性主义批评之我见［N］．文论报，1988（6）．

[22] 王绯．女人：在神秘巨大的性爱力面前——王安忆"三恋"的女性分析［J］．当代作家评论，1988（6）．

[23] 董之林．来自女性世界的醒觉之声——近年来女权主义文学批评研讨情况述评［J］．当代文学研究资料与信息，1989（12）．

[24] 朱虹．妇女文学——广阔的天地［J］．外国文学评论，1989（1）．

[25] 李小江．寻找自我：当代女性创作的基本母题［J］．文学自由谈，1989（6）．

[26] 林树明．评当代我国的女权主义文学批评［J］．文学评论，1990（4）．

[27] 李小江．女性在历史文化模式中的审美地位［J］．上海文论，1990（1）．

[28] 翁德修．论女性批评［J］．吉林大学社会科学学报，1991（4）．

[29] 乐黛云．中国女性意识的觉醒［J］．文学自由谈，1991（1）．

[30] 林树明．新时期女性主义文学批评述评［J］．上海文论，1992（4）．

[31] 董之林．1992年女性主义文学批评综述［J］．当代文学研究资料与信息，1993（4）．

[32] 周乐诗．换装：在边缘和中心之间——女性写作传统和女性主义文学批评策略［J］．文艺争鸣，1993（10）．

[33] 陈晓明．勉强的解放：后新时期女性小说概论［J］．当代作家评论，1994（3）．

[34] 张宇光．陈染个人化的努力［J］．文学自由谈，1994（11）．

[35] 孟繁华．女性文学话语实践的期待与限度［J］．文学自由谈，1995（4）．

[36] 林树明．女同性恋女性文学批评简论［J］．中国比较文学，1995（2）．

[37] 戴锦华．女性主义是什么［N］．北京青年报，1996-01-16．

[38] 贺桂梅．个体的生存经验与写作——陈染创作特点评析［J］．当代作家评论，1996（3）．

［39］孟繁华. 忧郁的荒原：女性漂泊的心路秘史［J］. 当代作家评论，1996（3）.

［40］戴锦华. 陈染：个人和女性的书写［J］. 当代作家评论，1996（3）.

［41］陈晓明. 无限的女性心理学：陈染论略［J］. 小说评论，1996（3）.

［42］吴义勤. 生存之痛的体验与书写——陈染小说论［J］. 小说评论，1996（3）.

［43］王干，戴锦华. 女性文学与个人化写作［J］. 大家，1996（1）.

［44］南帆. 躯体修辞学：肖像与个性［J］. 文艺争鸣，1996（4）.

［45］徐坤. 因为沉默太久［N］. 中华读书报，1996-01-10.

［46］屈雅君. 女性主义文学批评二题［J］. 妇女研究论丛，1997（2）.

［47］王侃. 当代二十世纪中国女性文学研究批判［J］. 社会科学战线，1997（3）.

［48］葛红兵. 个体性文学与身体型作家——90年代的小说转向［J］. 山花，1997（3）.

［49］李洁非. "她们"的小说［J］. 当代作家评论，1997（5）.

［50］王光明，荒林. 两性对话：中国女性文学十五年［J］. 文艺争鸣，1997（5）.

［51］乔以钢. 二十世纪中国女性文学研究的回顾与思考［J］. 天津社会科学，1998（2）.

［52］刘思谦. 女性文学：女性·妇女·女性主义·女性文学批评［J］. 南方文坛，1998（2）.

［53］顾红曦. 凯特·米利特的性政治与"女性形象批评"［J］. 外国文学研究，1998（4）.

［54］王侃. "女性文学"的内涵和视野［J］. 文学评论，1998（6）.

［55］崔卫平. 我的种种自相矛盾的观点和不重要的立场——关于女性主义批评的反思［J］. 南方文坛，1998（2）.

［56］林树明. 世妇会的契机：90年代中期已降的女性主义文学批评［J］. 贵州师范大学学报（社科版），1999（1）.

［57］林树明. 女性主义文学批评在中国大陆的传播［J］. 社会科学研究，1999（2）.

[58] 王侃. 概念·方法·个案 [J]. 文艺评论, 1999 (2).

[59] 林丹娅. 批评的批评——当下女性文学迷津之解读 [J]. 南方文坛, 1999 (6).

[60] 陈志红. 他人的酒杯——中国当代女性主义文学批评阅读札记 [J]. 当代作家评论, 1999 (2).

[61] 王春荣. 现代女性文学批评的独特价值及审美衍进 [J]. 辽宁大学学报, 1999 (3).

[62] 任一鸣. 女性文学宏观研究的理论思考 [J]. 中国文化研究, 1999 (3).

[63] 李小江. 世纪末看"第二性" [J]. 读书, 1999 (12).

[64] 郑大群. 女性禁忌与后新时期女性写作 [J]. 文艺评论, 2000 (2).

[65] 张洁. 当代文学中的女性书写 [J]. 北京文学, 2000 (3).

[66] 杨扬. 论90年代文学批评 [J]. 南方文坛, 2000 (5).

[67] 刘思谦. 世纪之交: 女性写作的语境与写作姿态 [J]. 福建论坛(文史哲版), 2000 (2).

[68] 金文野. 女性主义文学的内涵 [J]. 文学评论, 2000 (5).

[69] 朱萍. "用身体写作"的不独"美女作家" [J]. 作品与争鸣, 2000 (11).

[70] 董之林. 女性主义批评: 并不奢侈的今日话题 [J]. 东南学术, 2001 (6).

[71] 王福湘. 建设有中国特色的女性主义文学批评: 找寻夏娃: 中国当代女性文学透视 [J]. 中国文学研究, 2001 (4).

[72] 刘霓. 社会性别——西方女性主义理论的核心概念 [J]. 国外社会科学, 2001 (6).

[73] 王均江, 叶立文. "她们"的命运 [J]. 小说评论, 2002 (5).

[74] 丁莉丽. 她们: 变动社会系统中的修辞能指/对新时期小说中部分女性形象的解读 [J]. 浙江学刊, 2000 (4).

[75] 王艳芳. 女性文学批评中的"拒绝对话"现象的分析 [J]. 文艺评论, 2002 (2).

[76] 陈骏涛. 中国女性主义文学批评的两个问题 [J]. 南方论坛,

2002（5）.

[77] 阎秋霞．女性文学批评之批评［J］．晋阳学刊，2002（5）.

[78] 李涛．女权主义文学批评的20年历程［J］．江苏教育学院学报（社科版），2002（6）.

[79] 禹建湘．中国当代女性主义文学面临的困惑［J］．湖南社会科学，2002（4）.

[80] 陈骏涛．关于当代中国（大陆）三代女批评家的笔记［J］．东南学术，2003（1）.

[81] 屈雅君．女性文学批评本土化过程中的语境差异［J］．妇女研究论丛，2003（2）.

[82] 乔以钢．多姿的飞翔——论20世纪90年代女性写作［J］．天津社会科学，2003（2）.

[83] 任一鸣．女性文学与女性主义文学及其批评之辨析［J］．昌吉学院学报，2003（2）.

[84] 向荣．戳破镜像：女性文学的身体写作及其文化想象［J］．西南民族学院学报，2003（3）.

[85] 杨莉馨．女性主义诗学在中国：双重落差与文化学分析［J］．文艺研究，2003（6）.

[86] 屈雅君．女性文学批评的本土化［N］．文艺报，2003-3-4（3）.

[87] 杨剑龙，乔以钢，丁帆，等．女性主义批评的现状与开拓笔谈［J］．海南师范学院学报（人文社科），2003（1）.

[88] 王宇．男性文本：女性主义批评不该忘却的话语场地［J］．文艺评论，2003（2）.

[89] 徐岱．走向中心的边缘史学：当代女权主义批评之批评［J］．学术月刊，2003（7）.

[90] 贺桂梅．当代女性文学批评的三种资源［J］．文艺研究，2003（6）.

[91] 刘思谦．性别理论与女性文学研究的学科化［J］．文艺理论研究，2003（1）.

[92] 杨俊霞，李琨．从"女性主义文学研究"到"性别文学研究"——女性主义文学研究走出困境的思考与对策［J］．河池学院学报，

2004（8）.

[93] 陈骏涛. 夏娃言说——新千年以来的几部女性文学理论批评著作评说[J]. 南方文坛，2004（5）.

[94] 朱国华. 关于身体写作的诘问[J]. 文艺争鸣，2004（5）.

[95] 万莲子. 性别：一种可能的审美维度——全球化视域里的中国性别诗学研究导论（1985—2005大陆）（上）[J]. 湘潭大学学报（哲社版），2005（6）.

[96] 刘思谦. 女性文学这个概念[J]. 南开大学学报，2005（2）.

[97] 秦勇. 悖离女性主义的"躯体写作"[J]. 社会观察，2005（5）.

[98] 万莲子. 性别：一种可能的审美维度——全球化视域里的中国性别诗学研究导论（1985—2005大陆）（下）[J]. 湘潭大学学报（哲社版），2006（1）.

[99] 乔以钢. 胸襟·视角·心态——近十年女性文学研究反思[J]. 天津师范大学学报（社会科学版），2006（1）.

[100] 林树明. 论当前中国女性主义文学批评中的问题[J]. 湘潭大学学报（哲学社会科学版），2006（5）.

[101] 林树明. 性别诗学：意会与构想[J]. 中国文化研究，2000（2）.

[102] 万莲子. 女性主义不能失去价值目标！——论性别审美意识形态的几个主要特征[J]. 湖南师范大学社会科学学报，2006（1）.

[103] 魏天真. 女性写作的"三突出"：反女性主义征候之一[J]. 华中师范大学学报（人文社会科学版），2006（11）.

[104] 任一鸣. 社会性别与性别诗学——女性（主义）文学批评笔记之二[J]. 海南师范学院学报（社会科学版），2004（7）.

[105] 金文野. 中国当代女性主义文学的审美特征[J]. 中华女子学院山东分院学报，2006（3）.

[106] 王艳芳. 从性别对抗到多元化书写——论新世纪女性写作的新走向[J]. 当代文学研究资料与信息，2006（6）.

[107] 杨莉馨. 借他山之石——略谈阁楼上的疯女人对中国女性主义文学批评的启示[J]. 世界文学评论，2007（2）.

[108] 林树明. 女性文学研究、性别诗学与社会学理论[J]. 贵州社

会科学，2007（12）．

［109］谢玉娥．当代女性写作中有关"身体写作"研究综述［J］．河南大学学报（社会科学版），2008（5）．

［110］王明丽．1980年代以来女权/女性主义文学批评中的女性形象［J］．齐鲁学刊，2008（2）．

［111］胡敏．女性主义文学批评综述［J］．中北大学学报（社会科学版），2008（4）．

［112］林晓云．中国当代女性主义文学批评的主要特征［J］．文艺研究，2008（12）．

［113］孙桂荣．女性主义的当代分歧及其在文学批评中的展开方式［J］．理论与创作，2009（3）．

［114］孙桂荣．在女性主义文学批评的另一面［J］．妇女研究论丛，2009（4）．

［115］王军．20世纪中国女性主义文学与批评概述［J］．理论月刊，2009（7）．

［116］王桂琴．女性主义文学批评的几个关键词在中国的嬗变［J］．襄樊学院学报，2009（7）．

［117］王艳峰．突围还是陷落——对性别诗学的反思［J］．中文自学指导，2009（3）．

［118］林树明．一石激起千层浪——关于性别诗学批评的思考［J］．当代文坛，2011（3）．

［119］魏天无，魏天真．女性主义文学批评的本土化历程及其问题［J］．外国文学研究，2011（3）．

［120］李兰英．从女性写作到中国女性主义文学批评［J］．名作欣赏，2012（2）．

［121］迟子建．长发的秘密［N］．光明日报，2013-05-14..

［122］陈晓明．林白：在自己的命运里写作［N］．光明日报，2013-10-06.

［123］王侃．林白的"个人"和"性"［J］．东吴学术，2014（3）．

［124］乔以钢．文学领域的性别研究实践：2006—2010［J］．中国现

代文学研究丛刊，2014（5）．

［125］林丹娅．从闺阁诗到散文：从秋瑾看女性写作近代之变［J］．妇女研究论丛，2014（11）．

［126］李蓉．女性主义文学解体之后：问题、处境与发展［J］．文艺研究，2014（10）．

［127］徐艳蕊．网络女性写作的生产与生态［J］．北京大学学报（哲学社会科学版），2015（1）．

［128］江涛．"第五届中国女性文化研究学术研讨会暨国际女性文学论坛"综述［J］．妇女研究论丛，2015（7）．

［129］季红真．女性写作与现代文化的转型——以萧红为例［J］．东岳论丛，2017（1）．

［130］陶佳洁．中国新时期女性主义思潮与女性写作［J］．当代文坛，2017（10）．

［131］杨庆祥．"辩证的抵抗"［N］．文艺报，2017-05-17．

［132］徐小斌．只有灵魂可与世界接轨［N］．文学报，2018-04-26．

［133］李云．新时代女性写作应有的意识［N］．文艺报，2018-3-7．

［134］袁瑛．女性作为写作者的三种困难［N］．文艺报，2018-3-7．

［135］何言宏．转型时代的抉择与承担——范小青长篇小说《桂香街》论［J］．中国文学批评，2018（1）．

5. 作家作品

［1］荒林，苏红军．中国女性文学读本（上下册）［M］．中国女性文学文化建设丛书，桂林：广西师范大学出版社，2013．

［2］丁玲．梦珂［M］．北京：中国画报出版社，2015．

［3］丁玲．莎菲女士的日记［M］．北京：京华出版社，2005．

［4］萧红．生死场·呼兰河传［M］．南京：江苏文艺出版社，2013．

［5］苏青．结婚十年［M］．合肥：安徽文艺出版社，2016．

［6］张爱玲．倾城之恋［M］．北京：北京十月文艺出版社，2012．

目录作品：《第一炉香》《第二炉香》《茉莉香片》《心经》《封锁》《倾

城之恋》《琉璃瓦》《金锁记》《连环套》

[7] 谌容,张洁,等.人到中年 方舟[M].《收获》编辑部主编,北京:人民文学出版社,2017.

[8] 刘索拉.你别无选择[M].北京:作家出版社,2009.

[9] 铁凝.铁凝文集(5卷本)[M].南京:江苏文艺出版社,1996. 该文集分别为《青草垛》《埋人》《六月的话题》《玫瑰门》《女人的白夜》,包括铁凝的多部长、中、短篇小说及散文。

[10] 王安忆.上种红菱下种藕[M].上海:上海文艺出版社,2006.

[11] 王安忆.雨,沙沙沙[M].上海:上海文艺出版社,2015.

[12] 王安忆.长恨歌[M].北京:人民文学出版社,2004.

[13] 池莉.生活秀[M].北京:昆仑出版社,2001.

[14] 张洁.世界上最疼爱我的那个人去了[M].北京:人民文学出版社,2011.

[15] 张洁.沉重的翅膀[M].北京:人民文学出版社,2004.

[16] 张洁.无字[M].北京:人民文学出版社,2011.

[17] 张抗抗.作女[M].武汉:长江文艺出版社,2004.

[18] 陈染.陈染文集(4卷本)[M].南京:江苏文艺出版社,1996.该文集分别为《与往事干杯》《沉默的左乳》《私人生活》《女人没有岸》.

[19] 陈染.另一只耳朵的敲击声[M].北京:作家出版社,2001.

[20] 陈染.我们能否与生活和解[M].北京:作家出版社,2001.

[21] 陈染.无处告别[M].南京:江苏文艺出版社,2005.

[22] 陈染.超性别意识与我的创作,见断片残简[M].昆明:云南人民出版社,1995.

[23] 陈染.另一个自己相遇[M].南昌:百花洲文艺出版社,2015.

[24] 林白.一个人的战争[M].沈阳:春风文艺出版社,2006..

[25] 林白.说吧,房间[M].北京:中国青年出版社,2011.

[26] 林白.空心岁月[M].北京:中国青年出版社,2011.

[27] 林白.妇女闲聊录[M].北京:新星出版社,2008.

[28] 林白.致命的飞翔[M].北京:台海出版社,1999.

[29] 徐小斌. 羽蛇 [M]. 北京：人民文学出版社，2004.
[30] 海男.《男人传——一个男人的情感史》[M]. 上海：学林出版社，2004.
[31] 海男.《身体祭》[M]. 南京：江苏文艺出版社，2008.
[32] 徐坤. 性情男女 [M]. 北京：中国青年出版社，2001.
[33] 徐坤. 厨房 [M]. 合肥：安徽文艺出版社，2015.
[34] 徐坤. 热狗 [M]. 合肥：安徽文艺出版社，2015.
[35] 徐坤. 早安，北京 [M]. 上海：华东师范大学出版社，2016.
[36] 乔叶. 最慢的是活着 [M]. 杭州：浙江文艺出版社，2011.
[37] 虹影. 饥饿的女儿 [M]. 北京：文化艺术出版社，2006.
[38] 萧红全集（四卷本）[M]. 哈尔滨：黑龙江大学出版社，2011.
[39] 葛水平. 喊山 [M]. 杭州：浙江文艺出版社，2011.
[40] 沈从文. 边城 [M]. 北京：北京十月文艺出版社，2008.
[41] 冯骥才. 三寸金莲 [M]. 北京：人民文学出版社，2017.
[42] 贾平凹. 废都 [M]. 北京：作家出版社，2009.
[43] 张贤亮. 绿化树 [M]. 北京：人民文学出版社，2014.
[44] 张贤亮. 男人的一半是女人 [M]. 北京：作家出版社，2000.
[45] 路遥. 平凡的世界 [M]. 北京：北京十月文艺出版社，2013.
[46] 路遥. 人生 [M]. 北京：北京十月文艺出版社，2013.
[47] 贺敬之. 白毛女 [M]. 北京：生活·读书·新知三联书店，2012.
[48] 徐小斌. 双鱼星座 [M]. 天津：百花文艺出版社，1999.
[49] 海男. 女人传 [M]. 合肥：安徽文艺出版社，1999.
[50] 余华. 在细雨中呼喊 [M]. 北京：作家出版社，2014.
[51] 贾平凹. 白夜 [M]. 合肥：安徽文艺出版社，2010.
[52] 戴厚英. 人啊，人！[M]. 北京：人民文学出版社，2007.
[53] 王晓英，杨靖. 影响世界的100部女性文学名著 [M]. 苏州：苏州大学出版社，2010.
[54] 黄晓娟. 中国当代少数民族女性文学作品选 [M]. 上海：上海文艺出版社，2017.